A Caixa dos Segredos

August Gold e
Joel Fotinos

TRADUÇÃO DE
Maria Helena Lyra

Ediouro

Título original
The prayer chest

Capa
Raul Fernandes

Copidesque
Ana Elisa Araújo e Souza

Revisão
Clara Diament

Produção editorial
Felipe Schuery

CIP-BRASIL. CATALOGAÇÃO-NA-FONTE
SINDICATO NACIONAL DOS EDITORES DE LIVROS, RJ.

G563c Gold, August, 1955-
A caixa dos segredos / August Gold, Joel Fotinos; tradução Maria Helena Lyra. — Rio de Janeiro: Ediouro, 2007.

Tradução de : The Prayer Chest
ISBN 978-85-00-02240-1

1. Romance americano. I. Fotinos, Joel. II. Lyra, Maria Helena. III. Título.

CDD: 813
07-3758 CDU: 821.111(73)-3

---

07 08 09 10 11 8 7 6 5 4 3 2 1

R. Nova Jerusalém, 345 – Bonsucesso
Rio de Janeiro – RJ – CEP: 21042-235
Tel.: (21)3882-8200 – Fax: (21)3882-8212/8313
www.ediouro.com.br

Prólogo

Páscoa de 1939

Houve uma época de sua vida em que Joseph subiria as escadas de dois em dois ou até de três em três degraus. Chegaria à porta do sótão com um filho embaixo de cada braço e energia de sobra para mais uns três lances. Mas não esta noite, aos 73 anos de idade, o mais longevo dos homens da família Hutchinson.

Subiu as escadas até o sótão e, provavelmente pela milésima vez, adentrou aquele quartinho empoeirado e cheio de correntes de ar. Sentando-se na mesma cadeira velha, precária e desconfortável, pôs no colo a caixa dos segredos, como se não passasse de uma caixa comum de madeira, usada para guardar moedas avulsas ou objetos sem importância.

Aquela caixa dos segredos, porém, nada tinha de comum. Primeiro, porque possuía um pequenino fecho confeccionado em ouro puro e, segundo, porque salvara sua vida.

Cuidadosamente, Joseph colocou o antigo caderno de Malaquias sobre a caixa e o abriu para contar as páginas em branco. Havia duas, e ele precisaria de ambas. Mergulhou a ponta aparada de uma pena num tinteiro que trouxera consigo e começou a escrever.

> Domingo de Páscoa, 9 de abril de 1939, escrito por Joseph Hutchinson.
>
> Escrevo para você, Deborah, minha bisneta. Um dia, daqui a muitos anos, você lerá este caderno e perguntará: "Quem foi Joseph para acrescentar suas palavras ao extraordinário saber de Malaquias?"
>
> E eu respondo: "Sou um simples homem que quase foi tragado pelas aflições da vida, não fosse a caixa dos segredos que você tem, neste momento, nas mãos."

Se você pedisse a Joseph que lhe contasse mais sobre o ano em que a caixa dos segredos entrou em sua vida, ele talvez lhe dissesse que 1891 foi o ano em que a luz do mundo se apagou de vez. Talvez lhe falasse que foi o ano em que ele desceu ao vale das sombras da morte sem conseguir encontrar alívio, temendo que dele não saísse inteiro.

Seria mais provável, porém, que não lhe dissesse nada, tomado por uma emoção forte demais para conseguir falar. Olhos pregados num passado distante, Joseph se perderia em lembranças, deixando-o a indagar-se sobre o que teria acontecido.

Mas ele estaria certo se lhe dissesse que a caixa dos segredos o ressuscitara.

Parte I

1

Páscoa de 1883

Foi um momento cheio de esperança aquele em que Daniel nasceu.

— Nenhum homem da família Hutchinson conseguiu chegar à meia-idade — sussurrou Joseph ao ouvido de seu filho recém-nascido que dormia — ...até agora.

Muitos Hutchinson se casaram, alguns tiveram filhos, todos trabalharam na fazenda, mas nenhum conseguiu ir além de uns poucos anos do vigésimo primeiro aniversário.

Todo mundo naquela cidadezinha de Long Island falava, à boca pequena, que era a vontade de Deus. Alguns davam de ombros, dizendo que era maldição ou mau-olhado; outros sustentavam que era puro e simples azar.

Não havia explicação plausível, porque os Hutchinson eram excelentes pessoas. Faziam tudo o que podiam pelos outros, e todo mundo tinha uma história para contar de alguma boa ação que um deles lhe fizera. Mas, apesar todos os bons feitos, os Hutchinson não conseguiam livrar seus rapazes do destino cruel.

No dia em que Daniel nasceu, todos os sonhos não-realizados por seus ancestrais direcionaram-se para ele. As esperanças acumuladas por gerações foram depositadas sobre seus inocentes ombros, antes mesmo de ele provar a primeira gota do leite de sua mãe. Talvez com ele o encanto se quebrasse, e os homens daquela família passassem a viver até a velhice. Joseph Hutchinson contava com isso.

— Você tem muita coisa para viver, Daniel — disse ele a embalar o filho nos braços. Se é que ele chegaria a viver.

O pai de Joseph morrera aos 25 anos. Uma simples queda de um cavalo, que não lhe devia ter deixado mais que alguns arranhões e uma boa história para contar aos filhos à mesa do almoço.

— Não há explicação para essa queda ter-lhe tirado a vida — dissera o médico.

Mas foi isso que ocorreu: ele era um Hutchinson, e sua hora havia chegado.

Dez anos depois, Joseph herdou da mãe a fazenda. Ela trabalhara tão intensamente para manter a propriedade em funcionamento, que foi essa a provável causa de sua doença fatal, mais do que o "coração fraco" apontado pelo médico. Ela simplesmente se exaurira.

Uma semana depois de conceder à mãe um mais que merecido descanso, Joseph assumiu a herança e, rapidamente, deu-se conta de que não era ele quem trabalhava na fazenda, mas a fazenda é que o explorava.

— Acho bom você ser forte — dizia Joseph ao bebê aninhado em seus braços protetores, seu filho primogênito que, doze horas atrás, ele ajudara a trazer ao mundo.

Miriam, sua mulher, não identificara como dores de parto o mal-estar que piorava com o desenrolar da tarde. Devia ser apenas uma dor de barriga decorrente da tigela de mingau de aveia que tomara, com muita pressa, ao nascer do dia; afinal, o bebê só deveria chegar dali a um mês.

Além do mais, estava preocupada com seu serviço no campo. O trabalho na fazenda era muito rigoroso — tudo era precisamente programado na preparação para a colheita. Nem ela nem Joseph podiam dar-se ao luxo de tirar uma tarde de folga, já que a terra quase não lhes dava o suficiente para passarem o mês.

Foi por essa razão que a mãe de Miriam lhe implorara para não se casar com Joseph. Miriam sabia de cor as discussões que tiveram...

— Não quero me intrometer, querida, mas se você me perguntasse...

— Só que eu não perguntei, mamãe — suspirava Miriam.

— Meu bem, o futuro desse rapaz é sombrio — e baixava a voz contra ouvidos estranhos —, e ele é amaldiçoado. Todos os homens da família Hutchinson o são; todo mundo sabe.

— Eu não ligo para todo mundo. — Miriam estava convencida de que seu amor era forte o bastante para livrá-lo da sina dos Hutchinson. — Só o que me importa é que eu o amo.

— Disso eu tenho certeza. Joseph é um belo rapaz, mas casamento é para o resto da vida. — Ela sabia que a morte, para sua filha, não passava de um conceito — Miriam era ainda um bebê quando seu pai morreu. Mas ainda assim insistia. — Quem vai tomar conta dos seus filhos se ele... — cuidadosamente buscava palavras para prosseguir — inesperadamente se for?

— A Bíblia diz que o amor é mais forte do que a morte, mamãe. Você está dizendo que a Bíblia não diz a verdade?

— Não vou discutir a Bíblia com você...

— Então quem sabe você esqueceu como é ser jovem? — Miriam experimentava todos os argumentos que lhe vinham à mente.

— Não me ponha ainda na sepultura. Não sou tão velha assim.

— Joseph tem sonhos, mamãe. Um dia ele vai ser mais do que um fazendeiro... Ah, muito mais!

— Acho ótimo ter sonhos, filha, mas é a realidade que põe comida à mesa.

Miriam parou de argumentar e passou a implorar com todo o coração:

— Por favor, mamãe, diga que sim.

Todas as mulheres de sua família tinham opiniões próprias, e Miriam não era exceção. Ainda assim, não conseguia deixar de sorrir. Mesmo com toda a timidez de sua filha, quando Miriam queria muito alguma coisa, sempre conseguia. Que se havia de fazer?

— Ele parece ser um bom homem, esse Joseph Hutchinson.

— Ah, mamãe, obrigada! — disse num gritinho de alívio. — Desde o primeiro dia em que o vi na loja, eu soube que ele me pediria em casamento.

E ela também soube que diria sim.

— Está me parecendo amor... — disse a mãe, recordando o momento em que ela própria havia visto, pela primeira vez, o elegante cavalheiro com um bigodinho fino como um risco de lápis, trinta anos mais velho que ela, que roubou seu coração —, amor à primeira vista.

— Exatamente! — exclamou Miriam.

Amor à primeira vista foi exatamente o que ocorreu entre ela e Joseph Hutchinson...

Miriam ficou surpresa quando a bolsa d'água se rompeu no milharal e, na hora em que entrou em casa, já não tinha mais forças para subir um simples lance de escadas até sua cama. Afora seu colchão de plumas, a sede da fazenda Hutchinson tinha pouco conforto a oferecer. Seu interior, assim como a parte externa, era um exemplo de simplicidade e eficiência. Havia a sala da frente, onde se sentavam, e a cozinha (com um porão embaixo), onde comiam. Um fogão a lenha, feito de pedra, ocupava uma parede inteira. No segundo andar, havia dois quartos com espaço suficiente apenas para dormir e vestir-se, e na parte superior, um exíguo sótão aninhado sob o telhado íngreme. Miriam deitou-se no banco acolchoado da sala da frente e esperou o marido chegar e lavar-se para o jantar. Só o que ela podia fazer era esperar.

Dali a quarenta minutos, Joseph entrou tranqüilamente na cozinha, vindo da porta da frente, empunhando um molho de flores-do-campo meio desfeito.

— Miriam — chamou —, trouxe um presente para você.

Prometera a si mesmo que um dia teria condições de comprar presentes de verdade, em vez de presentes roubados da terra.

A mãe de Miriam tentara prepará-la para as dores do parto, mas ainda assim Miriam gemia, de tão intensas.

— Estou aqui.

Não queria dobrar-se na frente de Joseph, mas como as contrações eram cada vez mais rápidas e mais fortes, não havia como agüentar.

Embora ela estivesse logo na sala ao lado, sua resposta veio fraca e longínqua. Ele caminhou em sua direção, e, quando viu seu rosto pálido como um lençol, e os lábios sem cor, correu para o lado dela, largando as flores pelo chão e caindo de joelhos.

— São só as dores do parto, Joseph... — e suas palavras foram interrompidas por mais uma contração que lhe transpassou o corpo.

— Não pode ser. Ainda falta um mês inteiro — explicou Joseph, como se suas palavras pudessem contrariar a realidade. Ele pôs as mãos sobre o ventre intumescido, que parecia querer explodir. "E se ela estivesse com a razão?" Seus ombros estremeceram com um medo animal que todos os homens sentem nessa hora, quando se reconhecem impotentes para deter o curso da natureza. — Miriam, eu estou dizendo que ainda é cedo.

Ela não pôde deixar de rir — com 17 anos, seu marido era ainda um menino.

— Cedo ou não, nosso bebê está nascendo.

— Mas, Miriam — disse ele, tentando fazê-la raciocinar — você não está entendendo. Não dá tempo de buscar a parteira. Mesmo se eu voar, não vou trazê-la a tempo.

Levantou-se e começou a andar de um lado para o outro.

— O que é que vamos fazer? — perguntava, com a voz trêmula de emoção.

— Você vai ter que fazer o que tem que ser feito, Joseph. — Ela falou bem assim, como se ajudar o nascimento de um bebê fosse algo corriqueiro.

Ele a olhou, incrédulo.

Miriam conhecia seu homem: ele teria forças para enfrentar aquela situação.

O pânico de Joseph crescia, mas ele sabia que Miriam tinha razão.

— Antes, preciso fazer uma coisa; mas quando eu voltar, serei a sua parteira de calças. — Com alguma coisa para fazer, ele já não se sentia impotente.

Ela sorriu com a tentativa de piada, imaginando o marido de avental, servindo-lhe.

Quando Miriam o viu pela primeira vez, na loja, era ela quem estava de avental, servindo-lhe. Naturalmente, ela já ouvira o mexerico sobre a maldição, mas lá estava o mais novo dos Hutchinson diante dela, lindo demais.

— Posso ajudá-lo a encontrar o que está procurando? — perguntou ela.

— Está parecendo que já encontrei — respondeu Joseph, com uma ousadia maior do que ele imaginava possuir. — Sou Joseph Hutchinson — disse, estendendo-lhe a mão.

Ela tomou-a com as duas mãos, como se fosse um prêmio recebido em uma quermesse.

Seus dedos trêmulos o encorajaram a prosseguir:

— A senhorita gostaria de dar um passeio comigo no domingo à tarde?

— Vou ter que pedir permissão a minha mãe.

— A senhorita acha que sua mãe vai gostar de alguém como eu? — perguntou ele, com a segurança de um homem com o dobro de sua idade. A última vez em que Joseph se apaixonara, perdera o domínio de si; com esta moça, porém, parecia tê-lo recuperado totalmente. — O que é que a senhorita me diz?

— Vou ter que lhe dar uma resposta...

— Quando?

Seu jeito direto assustava-a e ao mesmo tempo a encantava.

— Amanhã? — gaguejou.

O rubor que lhe cobria as faces encorajou-o.

— Quer dizer, então, que tenho que voltar à cidade amanhã.

— Acho que sim — disse Miriam. — Lamento muito.

— Não lamenta, não! Nem um pouquinho.

Miriam abriu um sorriso glorioso. Estava gostando dele. Não, estava mais do que gostando.

O sorriso foi se expandindo, até que Joseph sentiu-se envolvido por seu calor. Ele, que passava seus dias sob a nuvem negra dos Hutchinson, viu-se inesperadamente ante a presença de um sol radiante, a brilhar diretamente sobre ele.

Ficaram ali um momento, parados, frente a frente, contemplando-se em silêncio.

Talvez a luz dela tivesse brilho suficiente para desfazer o tenebroso destino dos Hutchinson.

— Então, venho vê-la amanhã, senhorita...

— Pode me chamar de Miriam.

— ...Miriam. — As vogais soavam macio sobre a dureza de sua vida. — Então, venho vê-la amanhã, Miriam. E no dia seguinte, e no outro dia!

— Assim é demais — disse ela, respondendo de forma mais adequada do que o necessário. — O que é que as pessoas vão pensar?

— O que quer que elas pensem não vai me impedir de voltar todos os dias, até eu ter a certeza de que você não mudará de idéia até domingo.

Ela teve a sensação de que Joseph viu o que se passava dentro de sua alma — viu que ela iria passear com ele no domingo, independentemente do que sua mãe lhe dissesse...

Joseph ajoelhou-se ao lado de Miriam e segurou as mãos da mulher entre as suas. Apertou-as com firmeza, tentando transferir-lhe sua força.

— Volto já. São só alguns minutos.

Levantou-se e saiu correndo da sala. Subiu depressa as escadas, passou os dois pequenos quartos, o depósito do corredor e, finalmente, os quatro degraus que levavam à porta do sótão. Destrancou a porta de pinho sem pintura com uma chave que só ele possuía e entrou no pequeno espaço que era seu refúgio, sua fortaleza.

Após trancar a porta, deu poucos passos até a cadeira situada no centro do cômodo mal iluminado. Sentou-se e fechou os olhos, tentando concentrar-se. Mas quem é que pode se concentrar numa hora dessas?

Sem dinheiro para pagar um médico e sem tempo para chamar a parteira, Joseph colocou a plenitude de sua fé no pequeno sótão abafado que lhe servia de templo sagrado desde o dia em que, anos atrás, aquele lugar especial atendera a sua primeira oração.

Quando Joseph era menino e vivia em uma casa cheia de Hutchinson, dividia seu pequeno quarto com dois irmãos — não tinha um espaço para chamar de seu. Assim que pôs os olhos no porão, sua mãe declarou, em um tom que não deixava margem a discussões:

— O porão não é lugar para menino.

Foi seu irmão mais velho, Luke, quem sugeriu o sótão.

— A mamãe e o papai nunca vão lá em cima, a não ser para guardar coisas que ninguém quer.

Naquele mesmo dia, Joseph tomou-lhe a posse, classificando-o como um lugar para "refletir".

Apesar do espaço limitado, a pequena acomodação abrigava todas as coisas dos Hutchinson — uma coleção de móveis quebrados e caixotes cheios de roupas, brinquedos, tralhas e tal. Para Joseph, eram todos objetos consagrados: todos imbuídos do poder especial que a história antiga confere às coisas. Era em meio a essa história que ele encontrava segurança em momentos de necessidade.

Em uma noite solitária, só de brincadeira, rogou aos poderes do sótão, clamando por um amor, e poucos meses depois foi contratado para trabalhar na fazenda de Grace Brown. O sótão havia atendido sua oração. Depois disso, Joseph passou a confiar inabalavelmente no poder daquele cômodo.

"Ajude-me a fazer o parto do meu primeiro filho." Simples e objetiva, essa era sua prece do momento.

Passados apenas dois minutos de silêncio, Joseph disse, baixinho: "Obrigado." E saiu do quarto, trancando a porta. Do lado de fora, o grito de sua esposa trouxe-o rapidamente de volta à realidade.

Três horas e vinte e dois minutos depois, nascia o seu menininho de cabelos negros e olhos azuis. Joseph cortou com perfeição o cordão umbilical e só deixou mãe e filho sozinhos após estarem profundamente adormecidos nos braços um do outro. Saiu da casa na ponta dos pés, para começar sua busca por uma peça perfeita de madeira. Trabalhar com marcenaria, mais do que tudo, era o que lhe trazia felicidade e paz de espírito. Um pouco menos agora, com as responsabilidades de homem adulto, mas quando era mais novo sempre havia, em um dos seus muitos bolsos, um pedaço de madeira para esculpir.

Na hora em que lhe chegou aos ouvidos o primeiro choro de seu filho, desejoso de alimento, de atenção e de amor, Joseph já lhe havia entalhado um brinquedo que ele adoraria. Era um soldado que mexia os braços e as pernas ao mesmo tempo quando se puxava um barbante no alto de seu pequeno capacete. Porém, por mais que Daniel desse risadinhas ao ver o soldadinho dançando diante dele, o vinco que atravessava a testa de seu pai, marca registrada dos Hutchinson, jamais se atenuava.

2

Verão de 1885

Sobre seis hectares de terras (que um dia já foram quatorze) repousava a casa da fazenda Hutchinson. Construída com madeira — basicamente pinho —, com o carvalho reservado para o tabuado das paredes e o telhado, era de construção simples e robusta. Os alicerces e o grande fogão foram feitos de pedra. Uma longa varanda em meia-água fornecia um espaço seco para armazenar a lenha, sobrando ainda bastante lugar para um banco e duas cadeiras de balanço, em que se podia recuperar o fôlego entre os afazeres. A janela quadrada do sótão e as pequenas janelas em forma de losango (todas com venezianas), assim como a grande horta, aproveitavam a luz e o calor do sol.

Joseph e Miriam estavam na horta, de joelhos, colhendo verduras para a refeição do meio-dia. Miriam estava a poucos dias de ter seu segundo filho.

— Joseph, eu não casei com você para levar uma vida de luxo.

— Eu sei que não, mas eu achava que, com o tempo, as coisas ficariam mais fáceis.

— É porque você é um sonhador, marido — disse Miriam com um sorriso. — E se fosse de outro jeito, eu não ia nem querer saber.

— Os meus sonhos adiantam muito para nós.

Desde que fora fundada por seus antepassados, enquanto crescia nos corações ao longo dos anos, a fazenda Hutchinson encolhia em hectares. Um após outro, os homens da família Hutchinson morreram jovens, deixando o trabalho da terra para suas mulheres e filhos pequenos. Cada geração tomava dinheiro emprestado dando a fazenda como garantia, ou vendia partes dela para poder fechar as contas.

Miriam passou a ponta do dedo pela testa eternamente vincada de Joseph, deixando-lhe um risco de terra, e riu com o resultado.

— Você ainda não notou que está um dia lindo demais para ficar se preocupando?

— Uma esposa com um filho na barriga, de joelhos na horta, e eu com uma maldição sobre a cabeça. Como é que eu posso não me preocupar?

— Será que algum dia você vai acreditar em mim quando eu digo que o amor vai vencer?

— Você e sua fé — disse ele, inclinando-se para beijá-la. Mas o choro de Daniel que vinha da cozinha ganhou precedência.

Miriam instintivamente afastou-se.

— Nosso filho está com fome, marido.

— E o pai dele também! — brincou Joseph, olhando Miriam desaparecer ao contornar a casa em direção à cozinha.

Joseph Hutchinson voltou por algum tempo os pensamentos para as ervas daninhas, até que socou a terra com os dois punhos, frustrado:

— Não nasci para ser fazendeiro — reclamou, resmungando.

Não tinha um só momento para si. As colheitas ditavam sua vida e comandavam seus dias, do nascer ao pôr-do-sol, uma estação do ano após outra. A fazenda, a fazenda... Sempre a fazenda vinha em primeiro lugar.

Na manhã seguinte, a família Hutchinson tomava café-da-manhã com um prazer inusitado: Daniel no colo de Miriam e Joseph sentado ao lado dela. Não havia nada de que ele gostasse mais do que daquele pão fininho assado na frigideira, com uma camada quente de purê de maçã com abóbora. Assim, mesmo que um dia de trabalho árduo o esperasse nos campos, naquele momento ele estava no céu.

— Está pronto para uma visita hoje, pequenino? — Miriam perguntou ao filho em seu colo. Embora tentasse, ela não conseguia reprimir o ar sorridente em seus lábios.

Joseph voltou-se para ela:

— Uma visita?

Sábado é que era dia de visitas, não o meio da semana.

— Duas visitas, na verdade — a parteira e a nossa nova menininha. — Não era preciso dizer a Miriam que ela trazia uma menina no ventre nos últimos nove meses.

Dando-se conta, afinal, do que Miriam estava dizendo, Joseph levantou-se de um pulo, derrubando a cadeira para trás. Abraçou sua mulher, quase a sufocá-la, atrapalhando a refeição de seu filho. Enquanto Daniel chorava com a interrupção, Joseph correu para o quarto, no andar de cima, deixando-o pronto para receber Miriam. Desta vez, o filho viria como planejado — no nono mês, na cama, e com a ajuda de uma parteira de verdade.

Quando Joseph voltou à cozinha, Miriam estava sentada na cadeira de balanço junto ao braseiro, com Daniel adormecido em seus braços. Abraçou-a novamente, como se não houvesse amanhã.

— Vai, marido, a menos que você queira fazer o parto da nossa filha também — brincou, em tom de ameaça.

— Uma vez já basta para mim — disse Joseph, com uma risada gostosa. Partiu para o estábulo e, sem selar Eleanor, pulou em seu lombo e foi para a cidade, montado em pêlo.

Ao chegar à casa da parteira, foi o marido dela quem abriu a porta. Sem se apresentar, Joseph foi logo despejando a razão que o trazia, sem pausas, de uma só vez. O homem deu-lhe um tapinha nas costas e prometeu que sua esposa estaria na casa dele antes do meio-dia.

— Ela não está em casa? — Joseph ficou atônito. — Pensei que ela fosse agora, acompanhando-me em sua charrete.

— Ela está fazendo o parto do bebê dos Baxter — explicou o marido, sem se importar com a urgência de Joseph.

— E se o parto demorar mais do que...

— Não se preocupe, homem, dou-lhe minha palavra.

— Sua palavra? — repetiu Joseph, já tomado pelo medo.

— Eu lhe prometo — disse o marido, com um sinal de impaciência —, ela estará lá antes do meio-dia.

Após algumas idas e vindas dessa conversa, Joseph cedeu, embora nem um pouco confiante, sabedor de que homem algum sobre a face da terra poderia prever a hora do nascimento de um bebê.

Às duas horas, as dores do trabalho de parto de Miriam começaram a apertar. Às três, a parteira ainda não havia chegado. Às quatro, Joseph pensava, frenético: "E se ela esqueceu? E se ela não vier?" Correu para baixo e começou a andar em círculos pela cozinha, incapaz de controlar o pavor. Quando abriu a porta da frente de um só golpe para começar a perscrutar as estradas, deparou-se com ela na varanda.

— O bebê dos Baxter estava de pé, sr. Hutchinson. Foi um parto difícil — gaguejou, nervosa. — Peço desculpas pela exagerada certeza do meu marido. Uma mulher jamais faria uma promessa assim.

— A senhora estava com medo de perder o serviço, e eu estava com medo de ter que fazê-lo — conseguiu dizer Joseph, com um débil sorriso.

Aliviada com o humor inesperado, a mulher respondeu:

— Creio que assim ficamos quites.

"Não totalmente", pensou ele; mas falou:

— Diga, o que posso fazer para ajudá-la?

— O senhor pode dar de beber ao meu cavalo e pode deixar-nos sozinhas, a mim e a sua esposa. Mas, antes disso, eu lhe agradeceria se me desse uma xícara de chá.

Dito isso, ela assumiu a casa com um ar decidido e profissional. Tirou o chapéu e as luvas, e colocou sua maleta no chão, ao lado do berço de Daniel. Prendeu melhor as bordas da coberta dele, satisfeita com o resultado, e encostou a palma da mão na testa do bebê. Sem pedir permissão a Joseph, pôs mais dois pedaços de lenha no fogão de ferro, para manter Daniel mais aquecido. Colocou, então, meticulosamente, um avental branco engomado, que em breve assumiria o tom rubro do nascimento do novo bebê.

Joseph espiava seus procedimentos enquanto fazia o chá. Então, subiu silenciosamente as escadas até o quarto de Miriam, que estava em um bem-vindo intervalo de paz entre as contrações.

— Posso entrar? — perguntou, cerimonioso.

Miriam respondeu, abrindo os braços para ele. À medida que seu marido ficava mais tímido nessas horas difíceis, ela ficava cada vez mais corajosa.

Quarenta e cinco minutos depois, Joseph subiu para o sótão. Destrancou a porta e penetrou na peça escura, rica com os pertences de seus antepassados. Nunca dissera a Miriam como aquele sótão era importante para ele. Como poderia explicar o que sentia naquele cômodo? Como se explica a sensação de magia quando nem mesmo você acredita nela?

Primeiro, como sempre fazia, dirigiu-se para a Bíblia da família Hutchinson. Porém, não era a Bíblia que lhe interessava; afinal, ao contrário de Miriam, Joseph não era um crente. Despertavam-lhe interesse as primeiras vinte e três páginas que abrigavam os dados pessoais sobre nascimentos e mortes, sobre realizações, sobre casos engraçados. Essas páginas introdutórias eram sagradas para Joseph, que não se lembrava mais de quando o livro entrara para a família. A encadernação frágil ameaçava romper-se toda vez que Joseph abria sua capa. Mas como ele a manuseava com a mesma ternura que tivera para com seu filho no dia em que nasceu, permanecia intacta, apesar da idade.

Joseph sentou-se na cadeira ao centro do quarto minúsculo, com o livro amorosamente no colo, alisando sua capa como faria com um pé de coelho. À cadeira, tão velha quanto a própria casa, faltavam duas hastes ao encosto, a perna dianteira direita estava bamba e a esquerda de trás era um pouquinho mais curta que as outras. De sua pintura original, podiam-se fazer apenas suposições.

Porém, Joseph buscava um tipo diferente de conforto. Fechou os olhos e ficou em silêncio. Por certo que ouvia os crescentes gemidos de sua esposa no andar de baixo, mas eles não o atingiam em seu sótão.

Miriam explicou-lhe várias vezes que todo poder vem de Deus, não de um quartinho lotado de coisas. Mas Joseph é quem sabia. Sabia que Deus morava no céu, e não na terra ou em sua casa, onde mais precisava Dele. O sótão, em contrapartida, estava sempre no alto das escadas; era concreto, algo que ele podia tocar e em que era possível se segurar; alguma coisa à qual ele podia orar, que estava próximo para ouvi-lo e para responder-lhe. Com o passar dos anos, o sótão tornou-se o seu Deus, e Joseph depositava uma confiança incondicional em seu poder absoluto.

Enquanto ele orava, o tempo parou naquele cômodo, e assim, quando saiu, não sabia dizer se havia se passado um minuto ou uma hora. Deve ter sido bastante tempo, pois, logo que trancou a porta, chegaram-lhe aos ouvidos os gritos lancinantes de sua esposa, vindos do andar abaixo.

Desceu correndo as escadas, voltando à beira de sua cama e ao nascimento de sua filha — magrinha, com menos de 2,300kg —, a quem deram o nome Mary. Ela os manteve acordados naquela primeira noite, alternando entre choro e sorrisos, sem nunca dormir, mostrando-lhes, desde o início, que tinha um temperamento forte.

Joseph passou a noite no celeiro, fazendo para ela um lindo pônei de madeira macia, cor de mel, que guardara para uma ocasião especial. A crina e a cauda, maravilhosamente louras e longas, foram feitas com fios finos que furtara da caixa de costura de Miriam. "Um dia, talvez eu possa dar a ela um pônei de verdade", sonhava. Mas não adoraria o animal tanto quanto aquele na palma de sua mão, que ele próprio trouxera ao mundo. As pernas que se mexiam, a cauda que balançava e os olhinhos compassivos faziam-no parecer quase real, tais eram a habilidade, o amor e o talento que Joseph possuía para trabalhar a madeira.

3

Seis anos depois — junho de 1891

Seria impossível contar as centenas de pequenas mudanças que ocorreram ao longo dos anos. Daniel e Mary cresceram, centímetro após centímetro, assim como o prazer de Joseph na companhia deles.

Houve momentos, como uma vez num final de tarde, quando as crianças foram ao seu encontro no campo e insistiram em que brincasse com eles. "Vou sim", respondia, como se nada houvesse de mais importante do que construir com eles uma fortaleza de pedras. Ou a noite em que o aquecedor de ferro exalou tanta fumaça, que Joseph decidiu armar uma barraca para os quatro dormirem lá fora, sob as estrelas. Ou a manhã no final de janeiro, quando a família fez a batalha de bolas de neve que deixou para trás todas as batalhas de bolas de neve.

Assim que Joseph entrava em casa, ao pôr-do-sol, lá vinham as crianças a ofertar-lhe as histórias que escreveram, ou as brigas para que ele resolvesse, ou os machucados para ele dar beijos. Sua atenção era integralmente dedicada a Daniel e a Mary.

Joseph e Miriam também cresciam em bem-estar um com o outro. Foram desenvolvendo a linguagem particular dos casados, na qual um olhar sem palavras podia substituir uma frase inteira, e um silêncio sabia comunicar toda uma história. Depois que as crianças eram postas na cama, começava o momento mais encantador, as poucas horas preciosas que eram só dos dois.

Miriam desejava que sua mãe visse como as coisas corriam bem para eles — trabalhavam muito, e, em troca, a abundância divina estava agora presente em toda parte. Acabou de arrumar os pratos de estanho, despediu-se do marido com um beijo e foi buscar o sobretudo.

Joseph a observava preparando-se para sair.

— Você vai outra vez cuidar da Rose? — perguntou, sabendo muito bem que ultimamente Miriam passava uma noite da semana com a filhinha de 4 anos de sua vizinha Grace.

— Aonde eu haveria de ir depois de escurecer, Joseph? — respondeu com uma risada. — Ao baile na cidade?

Como ele não queria que ela saísse, fez uma brincadeira:

— Quem sabe se há um outro homem? Qual é o marido que pode saber ao certo o que se passa na cabeça de sua esposa? Dizem que o sétimo ano do casamento é o mais complicado, mulher.

Ela percebia o amor em suas palavras.

— Pois então, marido, aí vai uma complicação para você: coloque a sela em Eleanor, para eu poder chegar à casa de Grace antes da meia-noite.

Desde que nasceu, Rose Brown era um bebê sem saúde. Mas no colo de Miriam seu sofrimento parecia atenuar-se, sua febre baixava, e ela até respirava melhor. Embora Joseph admirasse a fé de sua esposa, aquilo o perturbava. Levantou-se da cadeira de balanço junto ao braseiro e caminhou em direção a ela, tomando-lhe o rosto entre as mãos.

— Se você pudesse — perguntou —, tomaria para si a doença de Rose, não é?

Aquele homem ainda sabia ler sua alma.

— Eu queria ter o poder de fazer isso, Joseph.

Não era, certamente, o que ele queria ouvir. Num acesso de raiva, disse:

— Eu a proíbo, Miriam. Talvez a sua fé possa curar o mundo, mas de que vai adiantar se eu perder minha mulher e as crianças ficarem sem mãe? — Voltou-se e foi andando em direção à porta.

— Joseph, meu caro marido... — disse ela, surpresa com o rompante, embora soubesse que era inútil tentar dissuadi-lo. Sua crença já fora motivo de desavença entre eles; essa discussão não era novidade. — Você sabe que eu não agüento ver uma criança sofrer.

Como se não lhe bastasse ser amaldiçoado, ela também tinha que segui-lo à sepultura?

— Então, por que é que temos que agüentar quando o sofrimento da filha de uma vizinha qualquer se torna nosso? — Joseph apertava a maçaneta da porta com tanta força, que os nós de seus dedos estavam brancos.

— Ela não é uma vizinha qualquer; ela é Grace Brown, sua velha amiga.

Já fazia tempo que ele dera por encerrada aquela parte da sua vida. Virou-se abruptamente para encará-la e disse:

— E você, Miriam Hutchinson, é minha mulher. — Arrebatou o chapéu do gancho de ferro junto à porta e continuou: — Vou lhe dizer qual é o seu problema. Você é boa demais, e tenho medo de que isso um dia seja a causa de sua morte.

E saiu batendo a porta, fumegando a caminho do estábulo. Ao colocar os arreios em Eleanor, lembrava-se de quando tinha 14 anos e de como a simples menção do nome de Grace dava-lhe arrepios na espinha...

Fora numa sexta-feira que Joseph subira os degraus da varanda com o coração aos pulos e bateu nervosamente à porta dos Brown. Sabia que Grace viria atender, porque o sr. Brown nunca estava em casa. Diziam que o marido se casara com ela só para pôr as mãos no dinheiro da família dela. O povo também dizia que ele gostava mais da bebida do que da mulher. Joseph não podia acreditar que um homem podia gostar mais de qualquer outra coisa do que de Grace. Com seu cabelo louro claro, livre e solto, e aqueles lindos olhos azuis, Joseph a imaginava em um palco; sonhava com ela em suas noites inquietas e solitárias, representando apenas para ele. Estava apaixonado, como só um garoto de 14 anos poderia estar. Incuravelmente. Desesperadamente. Silenciosamente.

— Olá — disse Grace, cordialmente, abrindo a porta. Já trazia as moedas contadas, prontas para lhe pagar.

Joseph vivia para as sextas-feiras. Nenhum outro dia da semana tinha importância, a não ser pelo fato de o colocar um dia mais próximo da sexta-feira, que ele passava fazendo serviços na fazenda Brown. Joseph estendeu-lhe a mão, e Grace passou as moedas de sua palma à dele.

O peso das doze moedas fez Joseph se sentir um homem de verdade.

— Obrigado, sra. Brown! — disse, com sua voz mais grave.

Totalmente diferente do sentimento de seu marido, a paixão do jovem Joseph era palpável, e bastava uma centelha para incendiá-la por dentro.

— Por nada — respondeu ela, e inesperadamente estendeu a mão para afagar o rosto do garoto.

Ao sentir o toque das pontas dos dedos de Grace, as orelhas de Joseph ficaram vermelhas. Aprisionado por sua paixão e incapaz de expressar seus sentimentos, começou a gaguejar.

Lisonjeada, embora dividida, Grace imediatamente retirou a mão. Com imensa ternura, disse:

— Você vai saber que encontrou a mulher certa quando as palavras saírem com facilidade de sua boca.

"Mas eu já encontrei a mulher certa, e ela está bem aqui na minha frente!", era o que ele morria de vontade de dizer. Joseph insistia em falar, apesar do suor nas palmas das mãos e da sensação de ter areia na boca:

— Grace — gaguejou, — q-q-q-quero dizer o quanto eu...

Embora o médico houvesse prescrito banhos frios e repouso para a pequena Rose, Miriam tinha sua própria receita. "Amor", dizia para Grace, "o amor cura tudo."

Certo dia, porém, Rose começou a respirar com mais dificuldade, e não queria comer. Estava lutando para sobreviver.

Embora isso a fizesse passar a noite em claro, Miriam esperou o dia nascer para contar a Joseph sobre a piora da condição de Rose.

— Você sabe que Grace passou por problemas muito grandes. Ouviu o que disseram... Quando ela estava esperando Rose, o marido dela fugiu com a tal da Becky Stone, que gostava de bebida tanto quanto ele. Grace ficou firme por causa dos vizinhos, Joseph, mas uma mulher não pode deixar de ficar abalada com uma coisa dessas.

Com isso, Miriam queria dizer que seria completamente desumano não ajudar Grace. Ela jamais imaginou a profundidade dos sentimentos de Joseph para com a vizinha, quando ele os sepultara tão fundo dentro de si...

O jovem Joseph era inexperiente nas questões do coração. Frente a frente com Grace, ele simplesmente não conseguia deixar de gaguejar.

Grace pousou de leve os dedos sobre os lábios dele e sorriu:

— Sshh... Está bem, Joseph Hutchinson.

Os olhos dele queimavam com o desejo de expressar seus sentimentos. Ele precisava dizer, tinha que dizer.

Talvez por causa do trágico destino, os homens da família Hutchinson tinham uma intensidade muito além de sua idade. Grace sentiu aquela energia aumentar e recuou dois passos. Não ousava mais fitar os olhos dele, de modo que foi a sra. Grace Brown que pôs um fim naquela conversa.

— Vai ser diferente um dia, Joe. Garanto a você.

Pensando que ela se referia a eles dois, Joseph fez um juramento:

— Vou cobrar essa promessa.

Então, dois anos depois, ele conheceu Miriam e descobriu, surpreso, que as palavras lhe saíam fluentes, da forma como Grace previra...

Mãos pousadas nos quadris, Miriam olhava para o esposo, esperando uma resposta.

— Que me diz, marido?

— Digo que temos que fazer o que for possível para ajudar Grace e sua filha.

Com um evidente suspiro de alívio, Miriam disse a Joseph que desejava passar as noites com Rose.

— Quantas? — perguntou ele, buscando algum tipo de concessão.

— Todas as noites — disse ela, segurando a ansiedade.

— Você está me pedindo para dormir sozinho?

— Só por uma semana, talvez duas. Até Rose melhorar.

— Ser generosa é uma coisa, Miriam. Mas a sua generosidade não tem limites.

— Grace é quase da família, Joseph. Ou será que você já esqueceu? Ela já foi bem generosa com você, quando era garoto.

Joseph ficou em silêncio.

— E tem mais uma coisa. Com você no campo durante o dia e eu com Rose de noite, Daniel vai ter que cuidar de Mary — sugeriu Miriam, habilmente mudando de assunto.

Joseph teve que fazer um certo esforço para ficar calado, mas o fez por Miriam, que não era mais a garota tímida e resguardada dos tempos de namoro; ela desabrochara, tornando-se uma mulher corajosa, com idéias próprias.

Na manhã seguinte, Miriam deu a Daniel a notícia de que ele teria que ser o homem da família durante sua ausência. Como era de se esperar, Daniel ficou radiante e Mary, amuada.

— Não se preocupe, mamãe, vou cuidar muito bem da neném.

— Eu não sou neném — choramingou Mary, voltando-se para Miriam em busca de apoio.

Miriam e Joseph riram, mas para Mary não tinha graça nenhuma. Não eram as orientações de Daniel que a incomodavam, pois sabia que as tarefas que ele lhe passava tinham que ser feitas. O que a irritava era o prazer que ele tinha em lhe dar ordens.

Miriam dormiu na cama de Rose, com a pequenina em seus braços, durante duas semanas, até que as cores da saúde lhe voltaram às faces. Era um rosado que Rose jamais tivera desde o nascimento, como se o ar doentio de sempre houvesse ido embora; como se, de algum modo, ela houvesse nascido de novo.

Miriam, no entanto, voltou para a sua família com a saúde visivelmente abalada. Uma tosse incontrolável passara a afligi-la. Os chás com mel que lhe faziam as crianças não traziam melhora, e as horas que passava a inalar o vapor da chaleira davam-lhe apenas um alívio temporário.

O médico assegurou-lhes que a doença de Rose não era contagiosa.

— Miriam, foi o esforço de tomar conta de duas famílias durante duas semanas — explicou ele, sugerindo banhos quentes e repouso.

Não fosse ele tão inexperiente com os sintomas de pneumonia, saberia que nem imergir em um oceano de banhos e nem ingerir um mar de chás teriam efeito sobre os pulmões de Miriam.

— É dar tempo ao tempo — repetia ele —, vai passar.

Todas as manhãs, sob sol ou chuva, Grace percorria os cinco quilômetros para trazer a Miriam uma cesta transbordante de pães ainda quentes, feitos em casa, e caldos nutritivos.

Miriam não conseguia afastar a culpa que Grace sentia, ou convencê-la de que não lamentava um só minuto do tempo que passara com Rose.

Joseph, ao contrário, lamentava, e muito.

4

Três semanas depois — julho

Passados 21 longos e árduos dias e noites da doença de Miriam, Joseph destrancou a porta do sótão. Ficou lá bastante tempo, sentado em silêncio, orando à magia do local. "Faça Miriam melhorar, faça com que minha vida volte a ser como antes." A oração não tinha que ser bonita, bastava ser clara.

Quando adormeceu, naquela noite, estava confiante de que no dia seguinte tudo seria diferente.

Era meio-dia, e Joseph estava trabalhando nos campos, a garganta seca e o pescoço vermelho, queimado. O sol estava ofuscante, de modo que quando Joseph viu alguma coisa brilhando a distância não conseguiu identificar o que era. "Tomara que seja uma garrafa de água fresca para saciar minha sede", desejou. Ensaiou alguns passos naquela direção e viu que era, na verdade, uma caixa de madeira, mas diferente de qualquer outra que já tivesse visto. Com seu amor à carpintaria, Joseph compreendeu a perfeição artística daquela peça.

Era uma caixa antiga, mas meticulosamente conservada. Ao longo de sua tampa, havia uma fenda retangular "para se introduzirem cartas", pensou Joseph, "ou talvez papéis importantes". Toda a superfície da madeira era ornada com entalhes, símbolos que Joseph reconhecia, mas não conseguia identificar. Talvez tenha sido uma peça cerimonial, usada para fins religiosos, mas Joseph não sabia ao certo.

Só de uma coisa tinha certeza: era bela demais para ter sido feita por mãos humanas.

As ferragens prateadas luziam com a pátina de muitas centenas, talvez milhares de anos de idade e polimento. O mais surpreendente de tudo era um minúsculo fecho a brilhar contra o pano de fundo da bela madeira escura, um fecho de ouro puro.

Quando Joseph se aproximou, acostumando os olhos à luminosidade ao redor, enxergou com mais clareza, através da luz, que havia duas mãos segurando a caixa — mãos tão alvas que eram praticamente translúcidas. Inteiramente tomado pela curiosidade, Joseph estendeu a mão para tocar na caixa, talvez até pegá-la e levá-la consigo. Mal ensaiou o movimento, percebeu de quem eram as mãos que seguravam a misteriosa caixa:

eram as mãos de um anjo! Inclinando-se em sua direção, o anjo murmurou:

— Deus existe, Joseph.

Joseph tentou, lentamente, processar o que estava vendo e ouvindo.

— Vim para levar uma coisa de você — disse o anjo a sorrir serenamente —, e para lhe dar em troca algo muito mais importante.

Subitamente compreendeu, horrorizado e faltando-lhe o ar: tinha diante de si o Anjo da Morte, que lhe oferecia a caixa em troca de sua vida.

— Não lhe bastou levar meu pai e meus irmãos? Você acha que sou estúpido a ponto de trocar minha vida por uma caixa qualquer? — vociferou. — *Por que você não leva outra pessoa?*— Punha as palavras para fora como se fossem veneno, e, quando investia contra o Anjo da Morte, sua vontade era de esganá-lo até a morte...

Joseph acordou em pânico, ofegante como um animal assustado. Envolvido nas trevas da noite, quedou-se ao pé da cama, vacilante. Teria sido um sonho horrível? Parecia bem real, mas foi um sonho, não foi? Dizendo a si mesmo que aquilo não podia ser verdade, mas sem conseguir afastar a imagem do anjo, saiu às pressas do quarto, deixando Miriam. Descalço e vestindo apenas uma camisa de dormir, correu escadas abaixo e varou a cozinha, derrubando dois bancos e uma pilha de lenha. Continuou desabalado porta afora, passou a varanda e saiu em direção ao campo, perseguido por seu destino.

— Você não vai conseguir me pegar! — gritava. Parecia achar que, se vencesse essa corrida, viveria por mais um dia; se perdesse, a foice da morte atingiria mais um Hutchinson.

— Leve outra pessoa em meu lugar — berrava como um louco, voando pelos campos. — Não quero morrer!

Atravessou como uma flecha o leito do riacho que separava sua propriedade da dos Brown, e o choque da água gelada o fez cair em si. Joseph parou. Só agora se dava conta de que era o meio da noite e de que estava ali, de pé, à beira de um riacho, vestindo apenas uma camisa de dormir.

O fardo de medo que todo homem da família Hutchinson carregava pesou-lhe às costas, fazendo-o cair de joelhos. Não conseguiria vencer o Anjo da Morte. Tremendo sob o efeito do sonho e da terra fria e úmida, bradou sua fúria aos céus:

— Eu só tenho 25 anos! Não é justo!

Então, pela primeira vez em sua vida, Joseph enterrou o rosto nas mãos sujas de terra e chorou amargamente pela perda de seus dois irmãos. Transportou-se até o dia mais terrível de sua vida, o dia em que os perdeu e em que terminou sua época especial com Grace...

Foi em uma de suas adoradas sextas-feiras, quando Joseph estava cavando valas para irrigar os campos de Grace, que uma febre secreta, como um gato preto no meio da noite, passou silenciosamente pela casa dos Hutchinson. O pior é que não havia nada que se pudesse fazer. No primeiro dia, levou suas vítimas a um estado de semi-sonolência, do qual jamais despertaram; no segundo, levou-as para o céu. Naquela sexta-feira, partiram seu irmão mais velho, Luke, e o mais novo, Paul. Uma perda que dividiu seu coração em dois pedaços, como se fosse um papel. Sua mãe dissera-lhe que não deveria lamentar-se — tinha que agradecer por todos que restaram.

Bem, agora ele estava se lamentando. Chorou muitas e muitas lágrimas amargas, lançando imprecações, há tanto tempo contidas, ao indiferente céu noturno.

Ao nascer da aurora, quando ouviu o piar dos pássaros, debruçou-se sobre o riacho e jogou alguns punhados de água no rosto, tentando lavar algum resto de emoção. Como um Hutchinson, tinha razão para temer o Anjo da Morte, mas ainda assim tinha vergonha de ter medo.

— Pode ficar com sua maldita caixa.

Então, levantou-se, sentindo-se mais forte — mais alto, até — e caminhou decidido para casa. De repente, bateu-lhe um apetite voraz por comida, por sua mulher e por sua vida. Estava vivo. Este homem da família Hutchinson enganara o destino por mais um dia.

5

JOSEPH ABRIU A PORTA com vontade, esperando ver sua mulher junto ao fogo preparando o café-da-manhã, à sua espera. Estava todo prosa com o adiamento de sua morte, pensando apenas em si mesmo.

— Achou que seu marido não ia voltar com fome? — gritou no silêncio da casa.

Havia muito que fazer ao nascer do sol, e naquela manhã nada fora sequer começado. Percebeu os bancos derrubados e a lenha ainda espalhada no chão; a mesa estava vazia; o fogão, escuro e frio.

— Miriam, onde está você? — perguntou, irritado.

Como resposta, ouviu estranhos sons abafados, vindos do quarto no segundo andar, e seguiu o ruído escadas acima.

Chegando à soleira da porta do quarto, seu sangue gelou.

Miriam estava na cama, na posição exata em que a deixara horas atrás, só que Daniel estava puxando seu braço. Fitando aquele corpo sem vida, deu-se conta de tudo: o anjo que viera levá-lo havia sido forçado a levar Miriam em seu lugar. *"Por que você não leva outra pessoa?"* Se ele ao menos não tivesse insistido. Se ao menos tivesse aceitado seu destino de Hutchinson como um homem...

"Se ao menos, se ao menos?", gritava em pensamentos. Cada palavra era um carvão em brasa que se forçava a engolir até sentir que seu coração mole endurecia, tornando-se escuro e pesado como as pedras de granito que usava para construir muros. A dor, a raiva e a loucura ofuscaram toda lógica.

Não ousava, porém, mostrar nada disso às crianças. As crianças. Somente agora ouvia seu choro. Daniel implorava:

— Acorda, mamãe, acorda.

Mary, encolhida no chão, soluçava. Voltaram-se para Joseph com o rosto cheio de dor e de lágrimas, e com a pergunta a que não sabiam responder:

— Por que a mamãe não acorda?

Joseph estendeu a mão até Miriam e alisou seu cabelo, sua testa, suas faces. Então, voltou-se para seus filhos, pegando os dois nos braços. Ele, que já se dissera um bom pai, bom marido, bom homem, sentia que não dava mais para considerar-se assim.

— A mamãe foi para o céu — proferiu debilmente.

— Mas por que, papai?

— Porque Deus estava sozinho, querida. — Como não sabia mais o que dizer, Joseph abraçou os filhos bem apertado, como se assim pudesse livrá-los do mal. Os dois soluçavam sobre seu peito largo, encharcando-lhe a camisa de dormir com suas lágrimas sem fim.

— Mas agora *nós* é que vamos ficar sozinhos, papai — conseguiu dizer Daniel, em meio ao pranto.

Mary subiu na cama e fez sinal ao pai e ao irmão para que a acompanhassem. Segurando as mãos de Miriam, cada qual murmurando um longo adeus, o dique se rompeu, intensificando suas lágrimas, que passaram de córrego a rio e a oceano, interminavelmente.

6

Quando já não podiam mais chorar, tiveram que comer, e então, em silêncio, os Hutchinson engoliram um pouco de pão seco e leite.

Na escura manhã de julho, Joseph vestiu os filhos com roupas de domingo e chapéu. Saiu de casa com a camisa de dormir, ainda úmida com a dor dos filhos, enfiada às pressas dentro de um macacão. O vento fustigava, do oceano para o leste; armava-se uma forte tempestade. "Que o frio me castigue por meu medo", pensou, como se fosse o primeiro homem sobre a terra a sentir medo diante da morte.

Normalmente, a música dos pássaros a chamar uns aos outros teria sido para eles um deleite, mas hoje, cada qual aprisionado no poço fundo de sua solidão, não a ouviam. Com os filhos pela mão, Joseph caminhava em direção à fazenda de Grace Brown, cinco quilômetros a oeste.

Bateu à porta de sua vizinha com uma força que amedrontou as crianças. Grace abriu hesitante — a intensidade das batidas também a assustou. A vista de Joe com os pequenos àquela hora inusitada da manhã não lhe pareceu bom sinal.

— Ora... entre, meu caro Joe — disse, sem muita firmeza.

Ele mandou as crianças entrarem, e ficou onde estava. Os dois foram direto ver Rose, e, apesar da tristeza, Mary começou a tratá-la com um jeito maternal, dando-lhe o conforto que ela própria necessitava receber.

Joseph jamais pedira ajuda desde que chegara à idade de tomar banho sozinho, mas agora pedia a Grace. Sem ela, não conseguiria ajudar Miriam, e era por ela que lá estava.

Reprimindo qualquer sinal de emoção, foi direto nas palavras:

— Miriam faleceu esta noite.

— Ah, Joe! — exclamou Grace.

A surpresa de uma risada de Rose que emergiu da casa sublinhou a realidade de que Miriam estava morta e Rose, bem viva. Em qualquer outro dia, aquele som traria um sorriso ao rosto de Grace.

— Lamento tanto, Joe, você não faz idéia...

Joseph esquivou-se do consolo que lhe ofereciam os braços estendidos de Grace.

— Há tanta coisa para fazer — interrompeu ele —, e com as crianças em volta eu não posso...

— Pronto, Joe — murmurou ela. — Shh.

Ele cerrou os punhos para evitar que as lágrimas lhe subissem aos olhos, sem deixar que as palavras de Grace o consolassem por aquela morte cuja culpa era dele.

— Você sabe como eu adorava Miriam. Ela foi uma bênção para a minha Rose. É claro que vou ajudá-lo a tomar conta das crianças e a fazer qualquer outra coisa de que você precisar.

Grace Brown sabia muito bem tudo que era preciso fazer quando há um morto em casa. Há apenas oito anos, havia enterrado seu avô, Elijah.

— Você sabe que a mãe de Miriam tem que saber. — Grace continuara a manter contato com a sogra de Joseph, depois que ela se mudara para o Norte, para tomar conta de sua irmã doente.

— Conte a ela — falou Joseph.

— Faço tudo o que você pedir, Joe, você sabe disso. É só pedir. — Grace escreveu a carta naquela mesma tarde. Não havia sina pior do que sobreviver a um filho, e disso Miriam a poupara.

Joseph agradeceu-lhe a gentileza, mas sequer apertou-lhe a mão, temendo desabar.

Dividido entre suas necessidades e o que precisava fazer, voltou-se para ir embora, a caminho de uma casa que não era mais um lar.

7

Aquela tarde

De volta a suas terras, Joseph encaminhou-se direto para o celeiro. Não foi para casa, para Miriam... Ainda não conseguia estar diante dela. Não conseguia estar diante de si mesmo.

Abriu com violência a porta e, como se estivesse possuído, foi até o grande depósito que abrigava os utensílios da fazenda. Atacou a pilha ordenada, fazendo os camundongos correrem para todo lado e assustando Eleanor. Forcados e enxadas, uns em boas condições, outros totalmente enferrujados; pedaços de cerca de madeira; ferramentas de jardinagem — tudo foi arremessado em todas as direções, até aparecer o que ele havia enterrado lá há muito tempo.

Enterrado, mas não esquecido. Joseph pegou a mochila coberta de serragem, abarrotada de ferramentas de carpintaria. Seu peso e o cheiro divino de madeira cortada trouxeram uma luz aos seus olhos.

Um dia Joseph sonhara ser carpinteiro.

Quando era menino, as tardes mais encantadoras eram as que passava com o vovô Elijah, a esculpir animais nas peças descartadas da pilha de madeira de seu pai. É claro que Elijah não era seu avô de verdade, porque nenhum dos homens da família Hutchinson vivera para ver seus netos. Vovô Elijah era avô de Grace, emprestado a Joseph sempre que ele tinha uma tarde livre.

Vovô Elijah ensinara-o a ficar quieto e a ouvir a madeira murmurar o que desejava tornar-se. Algumas peças pediam para ser algo importante, como uma mesa para se tomar café-da-manhã ou uma cadeira de balanço em que pudesse descansar ao final de um longo dia; outras queriam ter uma utilidade, mas com intenções menos ambiciosas, como ser uma concha para sopa, um porta-isqueiro, uma tábua de cozinha, uma calçadeira. Nas peças de formato mais estranho, ele entalhava o mais imaginoso dos destinos — um coração para a garota ruiva de cujo nome já não se lembrava mais; um tabuleiro de jogos, bibelôs em forma de animais só para encantar os olhos ou para fazer um bebê sorrir.

Para ele, a madeira não era uma coisa morta; era viva. Desde que aprendeu a falar, até conhecer Miriam, era o que lhe absorvia a atenção. Só que a toda hora a vida lhe trazia um obstáculo. Primeiro, seu pai faleceu inesperadamente, tornando sua ajuda na fazenda mais importante do que nunca. Ele tinha apenas 5 anos, mas um menino dessa idade poderia fazer um sem-número de pequenas tarefas, e estas pareciam nunca acabar. Depois, seus irmãos foram acometidos pela febre, e permaneceram apenas ele e sua mãe. Uma semana antes de sua mãe falecer, ela o fez prometer que manteria a fazenda na família.

— Prometa-me — disse ela — que, não importa o que acontecer, você não vai desistir da fazenda.

— Prometo, mamãe. Prometo — repetiu, até ela se convencer de que ele falava a verdade.

O preço de manter sua promessa, no entanto, era abrir mão do sonho de tornar-se carpinteiro, o que lhe provocou o sentimento de mais uma morte na família.

Joseph deixou as lembranças correrem soltas. Seu sonho morrera — e daí? Foi o que aconteceu com tudo e com todos em sua vida. Num puxão, tirou o machado de sua bainha de couro e foi pisando duro até os fundos do celeiro; começou logo a golpear a parede, retalhando-a com toda raiva, dor e culpa que não ousava mostrar a seus filhos. Sua loucura, porém, tinha uma finalidade. Já que precisava enterrar sua esposa, iria fazê-lo com madeira conhecida, parte da fazenda que ela tanto amava, e não com madeira qualquer, que nada representasse para ela. Joseph sabia o quanto Miriam gostava daquele celeiro. Mais de uma vez fizeram amor ali, depois de se casarem; com todo o seu pudor dos tempos de namoro, a Miriam casada adorava aquele despudor. Era tão selvagem, tão masculino ali no celeiro, que ela sentia crescerem as labaredas de sua paixão. Foi, na verdade, na noite de núpcias...

Miriam empurrou a porta do celeiro, equilibrando em uma bandeja uma caneca de chá fumegante. Esperava encontrar Joseph apressado para terminar logo o serviço, mas ele estava escovando Eleanor, sua querida égua, como se tivesse todo o tempo do mundo. Ela não pôde deixar de rir.

— Você está pretendendo passar sua noite de núpcias com Eleanor?

— Deus meu, sra. Hutchinson! — disse ele, imperturbável, como se seus dedos não estivessem a tremer sob a crina ruiva de Eleanor.

— Pois eu estou... Mas, agora que estou vendo a minha rival, posso dizer, sem medo de errar, que o meu cheiro é muito mais agradável que o da velha Eleanor.

Suas palavras intensificaram o tremor das mãos de Joseph.

— Disso eu tenho certeza, mulher. Mas daqui para a frente você não vai poder chamar Eleanor de velha — brincou ele —, porque ela é muito sensível com essa questão de idade.

Eleanor não era o único animal que restara na fazenda Hutchinson, mas era a de que ele mais gostava. Enquanto a vaca e os poucos porcos e galinhas tinham uma finalidade, Eleanor, a certa altura, deixara de ser apenas uma égua para tornar-se um membro da família.

— Sua história com Eleanor torna-a uma ameaça ao nosso casamento maior do que eu esperava — falou Miriam, com uma risada. — Vamos ver quem é melhor como mulher — disse, encostando-se nele e pousando seus lábios nos dele. Não era o primeiro beijo, mas o primeiro de casados, por isso era diferente de todos os anteriores.

As mãos de Joseph tremiam, mas dessa vez não era de nervosismo. Miriam afastou-se apenas o suficiente para sussurrar:

— Eleanor sabe fazer isso?

Uma vez acesa, a chama dos dois não poderia esperar pelo tempo que levaria voltar a casa e subir as escadas para o quarto. Naquele momento, o quarto parecia tão longínquo quanto as estrelas do céu, de tão espontâneo que fora o enlaçar do desejo no celeiro; e, apesar do desconforto, do cheiro, da falta de jeito e do frio, fizeram amor ali mesmo, durante toda a noite.

E, agora, ele estava enterrando sua doce Miriam. As lágrimas de Joseph não paravam — ele manejava o machado às cegas até seus braços não conseguirem mais levantá-lo, até suas mãos ficarem em carne viva.

Arrumou a madeira cortada em uma pilha no centro do celeiro, sentando-se em um banco baixo para *escutá-la*, como dizia vovô Elijah. Em pouco tempo, surgiu-lhe a visão: o caixão seria simples; sobre a tampa, entalharia um grande e belo círculo — símbolo do eterno amor de Deus por Miriam — e dentro do círculo, uma cruz de linhas simples e puras.

Havia uma coerência naquilo tudo. No próprio dia em que conhecera Miriam, passou metade da noite a esculpir um círculo com uma cruz perfeita ao centro para ela usar pendurada ao pescoço. Miriam ainda a usava.

A confecção do caixão levou a maior parte do dia, especialmente porque as lágrimas de Joseph, molhando a madeira a toda hora, atrasavam o trabalho meticuloso do entalhe.

Ao terminar a tarefa, Joseph carregou a grande caixa de pinho para a sala da frente, pousando-a sobre duas banquetas. De um vermelho marcado pelo tempo, com veios negros e marrons em virtude do impacto dos insetos e das estações, a caixa já fora bem vivida, e Miriam se sentiria em casa dentro dela.

Joseph sabia qual seria o próximo e terrível passo. Subiu as escadas até o quarto. Diante de sua Miriam, aproximou-se de seu corpo sem vida e, com profunda vergonha, murmurou as seguintes palavras:

— Se não fosse por minha causa...

Ambos conheciam o fim daquela frase — Miriam pagara caro pela traição dele.

Joseph suspendeu nos braços o corpo imóvel. Desceu as escadas, foi até a sala da frente e, com todo cuidado e delicadeza, colocou o corpo de sua amada esposa naquele que seria seu eterno repouso.

— Sinto muito, Miriam...

Joseph verificou se o corpo estava bem acomodado dentro do caixão, mas não se demorou. Foi até a varanda, pegou a pá e caminhou em direção ao olmo. Plantara-o no dia em que Daniel viera ao mundo, e, agora que Miriam deixara este mundo, iria servir-lhe de abrigo.

Ao pôr-do-sol, Joseph acabou de fazer a cova. Teria pulado para dentro dela, não fosse o fato de ter ouvido as vozes distantes dos vizinhos caminhando na direção de sua casa.

8

Aquela noite

A noite em que enterrou Miriam foi a mais longa de sua vida.

Retraído em um silêncio de pedra, sentou-se no banco acolchoado, cercado pelos bem-intencionados vizinhos, que insistiam para que comesse. Um prato de comida colocado a seu lado horas antes permanecia intacto. Rostos vagos de vizinhos passavam por ele: mulheres ofereciam-se para tomar conta de seus filhos, e homens para cuidar dos seus campos, cada qual com uma história sobre a generosidade de Miriam. Não conseguia olhar para nenhum deles. "É a dor da perda", murmuravam. Mas não era. Era a vergonha.

Seus amigos e vizinhos voltaram para casa algumas horas antes de raiar o dia, deixando condolências e comida suficiente para duas semanas.

Grace demorou a ir-se. Lavou os pratos, separou os restos para os animais, varreu o chão, e só parou quando não conseguiu imaginar o que mais haveria para ser feito. Só então foi para junto de Joseph, no banco.

Ficou sentada ao lado dele, totalmente imóvel, até que os primeiros raios de sol iluminaram a sala da frente. Não queria deixá-lo sozinho no escuro.

— Grace — suspirou ele, olhando o olmo pela janela. Era um pedido de ajuda, mas Joseph jamais iria admiti-lo.

— Joe, você fez tudo o que podia.

Só ele é que sabia.

— Não havia nada que se pudesse fazer.

— Eu é que devia estar naquele caixão, e não Miriam.

— Joe, deixe-me levar Daniel e Mary para passarem as próximas semanas comigo.

— Não — resmungou ele. — Não vou abandonar meus filhos como abandonei minha esposa.

— Pare com isso, Joe. Você amava e ainda ama Miriam.

— Grace, você não está entendendo. Ela morreu por minha culpa.

— Não é você, é a sua dor que está falando, Joe, e eu não estou ouvindo nada. Você também não devia ouvir, não vai lhe fazer bem. — Grace levantou-se para sair.

Ele continuou na mesma posição.

— Meu caro Joe, às vezes temos que deixar as coisas desmoronarem — disse ela, inclinando-se para pousar um beijo inocente sobre sua testa acabrunhada —, para que elas novamente se recomponham.

Ele não tirava os olhos do olmo.

Ela subiu as escadas até o quarto das crianças, onde Rose dormia profundamente entre Daniel e Mary. Os três acordaram quando ela entrou. Grace beijou-os com o mesmo carinho, como se fossem todos seus filhos. Ergueu nos braços a sonolenta Rose e inclinou-se sobre os filhos de Joe para um beijo de despedida.

— Com o tempo, tudo vai melhorar. Vocês vão ver.

É claro que eles não podiam entender, e Mary expressou isso. Grace, então, repetiu:

— Podem acreditar, meus queridos. Tudo, com o tempo, vai melhorar.

Grace sabia que eles ainda não podiam acreditar, mas, se Joe acreditasse primeiro, eles logo o seguiriam. Era por ele que iria rezar.

9

A manhã seguinte

Por fim, quando Grace saiu, de manhãzinha, Joseph imediatamente subiu as escadas até o sótão. Já fizera orações ao poder daquele pequeno cômodo, e suas preces foram atendidas. Rezara pedindo amor e encontrara Miriam; rezara em busca de peças de madeira perfeitas para esculpir e encontrara exatamente o que procurava. Mas de que serviram as inúmeras orações atendidas comparadas àquela única oração sem resposta, justamente a mais importante de todas? Só um tolo depositaria sua confiança incondicional naquele cômodo, acreditando em poderes especiais. A cada passo, aumentava sua raiva para com a traição do sótão, de modo que, quando destrancou a porta e adentrou o pequeno quarto, sua fúria desencadeou-se com toda a intensidade.

Ao fechar a porta atrás de si, embora o cômodo estivesse às escuras, agora Joseph via tudo com mais nitidez. Viu o sótão como realmente era: velhas teias de aranha cobrindo tudo, uma janela de quatro vidros voltada para o vento e permanentemente fechada, o que tornava o ar úmido e viciado; a pintura descorada pela umidade favorecia o descascar das paredes e do teto.

Como é que não vira isso antes? Esse cômodo nada mais era que um monte de quinquilharias amontoadas e abandonadas, as quais ninguém queria. Entra ano e sai ano, pilhas enormes de coisas inúteis, quebradas, em vez de serem jogadas fora. Seu irmão Luke dizia isso, mas ele não lhe dava ouvidos.

— Não há magia alguma neste quarto — disse com ódio. — Só mentiras.

Uma tempestade de emoções negativas foi ganhando força dentro de seu corpo. Como pudera ser tão cego? Felizmente seu pai e seus irmãos não estavam presentes para vê-lo falhar abjetamente como homem. Os mesmos pensamentos diabólicos não paravam de atormentá-lo, de acusá-lo, martelando sua cabeça até fazê-lo desabar sobre o tapete sujo e gasto, no meio do cômodo. Os anos de decepções e mortes, traições e trabalho acachapante fizeram-no afundar em uma fúria incontrolável contra o sótão, contra seu destino e contra si mesmo.

"Que estúpido!" Não podia sair dali nem ali ficar. Sua respiração tornou-se difícil, como se estivesse a se afogar em um oceano de ódio. Sem pensar, pegou o primeiro caixote de madeira ao alcance de suas mãos, e suspendeu-o acima de sua cabeça. Com um grunhido mais animal que humano, arremessou-o pela janela do sótão. O barulho do vidro a estilhaçar-se o satisfez.

— Vai para o inferno! — berrou pela janela, olhando-o espatifar-se na terra. Joseph começava a respirar melhor.

Voltou-se para o cômodo e, com novo grunhido, levantou do chão uma mesinha lateral quebrada, atirando-a, também, pela janela destruída.

— Para que é que você serve se nem consegue salvar minha mulher?

Dezenas de caixotes abarrotados de roupas de bebê ainda não-usadas ou que haviam ficado pequenas, colchas sem uso, retalhos para remendos, lamparinas quebradas, tocos de vela, peça por peça, ele foi arremessando pela janela do sótão.

— Mentira, tudo mentira!

Ao levantar a cadeira acima de sua cabeça, a Bíblia dos Hutchinson caiu ao chão num baque surdo, bem ao lado de seus pés. O susto o deteve. Olhou para baixo e viu a página que se abriu — a árvore genealógica da família. O sótão já estava vazio, com tudo janela afora, exceto a Bíblia da família, encadernada em tecido, a seus pés, e a cadeira que mantinha no alto.

Lentamente, devolveu a cadeira ao chão, sentando-se nela. Apanhou a Bíblia e pousou-a ao colo. "Vou ter que anotar aqui a morte de Miriam", foi seu primeiro pensamento claro. Então lhe vieram as lágrimas. Primeiro uma ou duas, depois uma torrente: foram caindo, uma a uma, sobre a página, borrando os nomes dos ancestrais Hutchinson. Não conseguia impedi-las de cair. Não conseguia fechar o livro. Não conseguia mover um só músculo. Quinze minutos se passaram até que ele estivesse tão entorpecido e tão vazio quanto o sótão.

Com um sorriso frio nos lábios, Joseph segurava um pavio aceso na ponta dos dedos, olhando fixamente o monte de objetos. Tudo ali o lembrava das traições de sua vida: irmãos que morreram sem dizer adeus, um pai que o deixou e uma mãe que o forçou a afastar-se do seu amor pela madeira para trabalhar na fazenda. Por fim, uma esposa que se foi sorrateiramente no meio da noite, deixando-o sozinho com dois filhos pequenos. Quando o pavio aceso pousou no monte de tralhas dos Hutchinson, explodiu em uma labareda devoradora.

As crianças, agarradas uma à outra em busca de forças, finalmente se encaminharam para fora da cozinha, e ficaram com medo da expressão dos olhos de seu pai. Imóveis, ali permaneceram, olhando a distância.

Uma hora depois, quando as últimas chamas tornaram-se brasas, Joseph cinicamente pronunciou:

— Fim.

A história de sua vida terminara.

Parte II

10

29 DE OUTUBRO DE 1891

JOSEPH NÃO VOLTARIA A PÔR os pés no sótão, nem qualquer outra pessoa. “Lá moram apenas mentiras.” Seu tom decisivo deixava claro que o assunto não estava aberto a discussão.

Nos meses que se seguiram à morte de Miriam, Joseph desempenhava suas atividades diárias mais como um soldadinho de brinquedo do que como um homem. Com as crianças, falava somente o necessário: quando comer, quando dormir, que tarefas tinham de ser feitas. Não se falava, porém, do essencial: do amor que Daniel e Mary tinham por seu pai e do amor que todos sentiam por Miriam; do quanto as crianças sentiam falta dela; do quanto precisavam que Joseph as amasse. Mas as crianças decidiram não falar de suas necessidades, com medo de aborrecê-lo.

— Ele precisa que sejamos fortes agora — explicou Daniel a Mary.

Antes, podiam recorrer ao pai por qualquer motivo, sabendo que ele lhes daria toda a atenção, tanto para ouvir uma historinha sem importância como para relatar uma briga entre eles. Não havia fardo que ele não os ajudasse a carregar. Agora, eram eles que tinham de ajudá-lo a carregar o seu fardo. Apesar de o corpo de Joseph estar em casa, faltava-lhe uma parte importante, e todas as noites eles tentavam solucionar esse conflito.

Daniel explicou a Mary da seguinte forma:

— O papai colocou um pedaço do coração dele no caixão da mamãe, para fazer companhia a ela.

— Mas o que é que isso tem a ver com o jeito esquisito dele?

— É porque um pedaço dele já não está mais aqui.

— Como é que a gente pode trazer esse pedaço de volta?

Daniel balançou a cabeça devagar.

Então, quando Mary apresentou seu plano — "E se a gente der mais carinho ainda para ele?" —, ele concordou na mesma hora.

Tentaram subir-lhe ao colo para dar-lhe um duplo abraço; tentaram ler poemas que haviam escrito para ele; declararam abertamente seus sentimentos por ele, dizendo "Eu amo você, papai!", gestos que costumavam fazer seu coração de pai saltar dentro do peito. Agora, Joseph dava um sorriso distraído e virava para o outro lado. O amor deles não conseguia tocá-lo.

— Os sentimentos do papai fugiram de casa — observou Mary.

Daniel não poderia dar melhor explicação.

Tendo-lhes falhado o plano original, decidiram criar um outro: deixariam o pai quieto. Como queriam que ele ficasse contente, pensaram que, se os dois fossem bons — muito bons —, ele ficaria feliz de novo. Mas se esforçaram tanto para serem bons, que praticamente da noite para o dia os filhos de Joseph transformaram-se em verdadeiros adultos, tratando-o como se fossem seus pais, sacrificando a própria felicidade pela felicidade dele. Assim, passaram-se meses sem que sentissem nenhuma mudança.

Daniel e Mary pensavam melhor à noite, sob as cobertas. Não se deixavam desanimar.

— Talvez desse certo — conjecturou Mary — se a gente se lembrasse de alguma coisa que papai gostava muito de fazer.

— Isso mesmo! — exclamou Daniel, esticando-se na cama para dar um beijo na irmãzinha, pela boa idéia. — É assim que vamos pegar de volta o pedaço perdido do coração do papai. Então, do que é que o papai gostava?

— Ele gostava da mamãe e gostava da gente.

Não era bem isso.

— Pense mais um pouco — sugeriu ele.

— Eu lembro — disse Mary — que ele gostava de fazer bolinhos de milho para nós quando estava nevando de manhã, e ele dizia para a mamãe continuar na cama quando ela estava tossindo.

— Essa é boa. E quando o papai apostou corrida com a gente em volta do celeiro? Lembra como ele riu até ficar com a barriga doendo?

Os momentos em que o pai riu, sorriu, ou pelo menos mostrou certo brilho no olhar, já eram o bastante para que guardassem aquela lembrança para futura consideração. Pensaram, pensaram, até que inevitavelmente deram com a coisa.

— Lembra — disse Daniel — como o papai ia lá em cima ao sótão e voltava se sentindo melhor?

Mary disse que lembrava mais ou menos, o que significava, é claro, que não lembrava.

Felizmente, nenhum dos dois lembrou-se daquele terrível dia em que Joseph jogou tudo pela janela e depois queimou.

— Mamãe dizia que era um lugar especial para ele — relatou Daniel. — Talvez seja por isso que ele o deixava sempre trancado; para guardar apenas para si mesmo o quão especial era aquele lugar.

— Então por que é que o papai diz que lá no sótão só moram mentiras?

Os dois tiveram que pensar um minuto mais sobre isso.

— Talvez o papai tenha dito isso porque foi no *sótão* que ele escondeu o pedaço do coração dele.

"Se isso é verdade", pensou Daniel, "então o papai não enterrou o coração no caixão com a mamãe."

— Quer dizer que o pedaço do coração dele não desapareceu para sempre...

— E também — disse ela, em tom conspiratório —, que podemos trazê-lo de volta.

Essa foi a primeira boa notícia em meses, e trouxe um sorriso àqueles rostinhos. Só o que restava fazer era levar Joseph até o sótão.

No entanto, o plano deles teria que esperar, porque na manhã seguinte uma coisa horrível aconteceu.

11

A manhã seguinte

Às sete e meia da manhã, um desconhecido bateu à porta da cozinha. Vestindo um grosso sobretudo negro de lã, apresentou-se a Joseph como Charlie Mulch, presidente do banco — exatamente do banco que detinha a hipoteca da fazenda Hutchinson. O ar à volta do desconhecido era gelado, e atrás dele os céus estavam carregados, agourentos — prenúncio de que se armava uma tempestade.

Joseph pediu que os filhos saíssem da cozinha. As crianças foram para a sala da frente, de onde poderiam ouvir o que se passava, e talvez arriscar uma olhadinha de vez em quando.

Joseph sentou-se à cabeceira da mesa da cozinha, do lado oposto ao sr. Mulch, e não lhe ofereceu uma bebida quente, como Miriam faria.

O sr. Mulch passou uns bons dez minutos explicando a posição do banco. Joseph estava estupefato. Apoiando os dedos à borda da mesa, empurrou sua cadeira para trás e foi até o outro lado da cozinha, dizendo que estava confuso, que não estava entendendo. Levantou a voz, exclamando: — Não acredito que o senhor esteja fazendo isso!

— Acalme-se — falou o presidente do banco. — Sente-se.

— Mas como é possível? — exclamou Joseph.

— O senhor está levando para o lado pessoal, sr. Hutchinson — disse, nervoso, o presidente, como se tentasse recitar o mesmo texto já usado com muitas pessoas antes dele.

— Mas é pessoal, Mulch — exclamou Joseph, dando um soco na mesa, o rosto vermelho transpirando. — Mais pessoal que isso é impossível.

— Ora, ora — repetiu o presidente, com um sorriso forçado. — Vamos nos acalmar.

Joseph não agüentou mais.

— Você está botando a mim e a minha família para fora da nossa fazenda! Eu vou me acalmar quando você estiver fora da minha casa!

— Sr. Hutchinson, eu lhe disse que é apenas um negócio...

Com os dentes cerrados, ele sibilou:

— Saia da minha casa.

Daniel e Mary prenderam a respiração.

— O senhor não entende que o banco existe para fazer negócios?

— Chutar um homem quando ele está no chão... é isso que você chama de negócio? Minha família vem lhe pagando pontualmente o que deve.

No momento em que dizia essas palavras, Joseph sabia que não eram verdadeiras. Desde que as crianças nasceram, deixara de pagar várias parcelas ao banco — um fato tão vergonhoso que o mantinha escondido até de si mesmo. Só agora Joseph se dava conta de sua verdadeira situação. E disparou:

— Pelo amor de Deus, homem, minha esposa acabou de morrer.

A tensão foi demais para Charlie Mulch.

— Meus sinceros pêsames por sua perda — disse, voltando-se para a porta de saída. — Mas trato é trato. Foi *o senhor* que deixou de cumpri-lo, sr. Hutchinson — proferiu Mulch, num tom de tal forma acusador, que dava para pensar que Joseph acabara de assaltar o banco.

Foi o que as crianças entenderam — o pai fizera algo de errado.

— Espere, sr. Mulch — gritou Joseph, de repente. — Se eu pudesse lhe dar um pouco de dinheiro agora... — e foi tropeçando até a cômoda, onde guardava o dinheiro —, com a promessa de completar depois...

Mas, quando abriu a gaveta, sua voz sumiu. O mísero dinheiro que tinham estava agora no bolso do médico que não conseguira salvar a vida de Miriam.

— Não importa — murmurou Joseph, fechando a gaveta vazia.

Um olhar mais atento veria o que acontecera. Como um alfinete que fura a superfície da pele e o sangue lentamente começa a verter, o pouco que restara da energia de Joseph também começava a esvair-se, até não mais lhe restarem forças para ficar de pé. Sentou-se, como se nunca mais fosse levantar.

O recado de Mulch fora claro: Joseph tinha até o fim de novembro, nem mesmo um mês inteiro, para desocupar a fazenda que há gerações pertencia à sua família.

A reunião terminara. O sr. Mulch estava indo embora, mas não sem antes ver Daniel e Mary espiando-o pelo canto da parede. Sua tarefa teria sido mais fácil se não os tivesse visto a fitá-lo com olhos arregalados, aterrorizados. Saiu porta afora sem se despedir, sem a consciência tranqüila de quando chegara.

As crianças se entreolharam, os rostos pálidos de medo. A idéia de pedir ao pai que subisse ao sótão estava, no momento, absolutamente descartada.

12

Dois dias depois

Enquanto as crianças empacotavam as poucas roupas guardadas, Joseph finalmente foi ao sótão buscar a Bíblia dos Hutchinson.

Subiu os três lances de escada. Que mais poderia fazer, além de dar aqueles poucos passos para resgatar o que restara de sua família? Destrancou a porta do sótão, abriu-a e adentrou o cômodo vazio e frio. A única janela, violentamente quebrada e depois coberta com tábuas, às pressas, impedia a entrada da luz e do calor do sol. Deu uns poucos passos até a cadeira e desabou sobre ela, fatigado sob o peso da dor e do remorso. "De que vale um pai que não consegue prover seus filhos de alimento e abrigo?" Esse pensamento atingia-o repetidamente, como um punho fechado.

— Você é um tolo — disse em voz alta — por ter colocado toda a sua fé neste quarto. — Aprendera uma dura lição.

Por algum tempo ficou ali sentado, e logo sua respiração se acalmou, silenciando também seus negros pensamentos. Acomodou a vista à luz tênue do lugar que um dia considerara sagrado, lançando-lhe uma última olhada. Completamente vazio, finalmente via o sótão tal como ele era: o tabuado largo do assoalho que precisava ser lavado, as paredes nuas e sem acabamento, a janela que vedara apressadamente com as tábuas que sobraram do celeiro. Joseph não pôde deixar de sorrir — fora o pior serviço de carpintaria de toda a sua vida!

Ao olhar para a janela, algo estranho atraiu-lhe a atenção. Por que a parede sob a janela era a única que tinha acabamento? Ergueu-se com a curiosidade de um gato, aproximando-se lentamente. De joelhos, passou a mão pela superfície da madeira, e, ao examinar com mais atenção, sentiu uma tábua solta sob a palma de sua mão; puxou-a, subitamente intrigado. O que Joseph viu por trás da parede deixou-o atônito.

13

As duas mãozinhas a puxarem-lhe a manga foi uma surpresa total.

— O que é que está vendo aí dentro, papai?

Joseph virou-se e olhou para os seus dois lindos filhos. Só Deus sabe. Ele já não os olhava assim havia meses.

Daniel e Mary ficaram parados, bem quietos. Ah, era tão bom serem vistos por ele.

Daniel ficaria ali para sempre; já para a paciência de 6 anos de Mary havia um limite. Ela teve que perguntar:

— Papai, você achou aí na parede o pedaço do seu coração que estava faltando?

Tomado de amor por eles, tudo o que conseguiu foi abraçá-los.

Mary precisava saber:

— Achou, papai?

— Eu não sei o que há atrás da parede, Mary, mas vou precisar da ajuda de vocês para descobrir. Esperem aqui; vou pegar um lampião, para podermos enxergar. — Com isso, Joseph correu escada abaixo.

Quando voltou, botou-os para trabalhar. — Vocês dois começam quebrando a madeira, e eu os ajudo.

Puseram-se, então, a trabalhar juntos, como uma família. Estavam sendo expulsos de sua fazenda, não tinham para onde ir, não sabiam o que fazer, mas nesse momento estavam contentes como nunca. Joseph mostrava-lhes a melhor maneira de desmontar os painéis de madeira. As crianças seguiam o pai, dando pontapés quando não conseguiam quebrar com as mãos. Como sinal de seus esforços, tinham as blusas coladas às costas e o cabelo grudado na testa, gemiam e suspiravam e sofriam em silêncio as alfinetadas das incontáveis farpas. O lugar estava frio, e, até onde Joseph sabia, jamais fora varrido ou espanado, o que explicava os ataques de espirros de Daniel e o nariz de Mary que escorria interminavelmente. Entretanto, ninguém parava, ninguém se queixava ou desistia, até que a parede foi inteiramente retirada.

— O que é isso? — perguntou Daniel, arregalando os olhos.

Joseph não poderia dizer, até tirá-lo do esconderijo e pousá-lo no chão.

— Parece uma espécie de caixa — disse. Só que era diferente de todas as que vira até então... ou não?

Joseph calculou que tivesse uns 18 centímetros de largura por 12 de altura e talvez uns 18 de profundidade. Parecia tão decrépita que um vento forte poderia desmontá-la. As tiras de madeira fina como papel e incrustadas de pó eram sustentadas por quatro dobradiças de latão fosco que pareciam ter mais estilo do que resistência. E, quando Joseph cuidadosamente manipulou o pequeno fecho, ele se abriu ao simples toque de seus dedos. Na parte mais elevada do que um dia poderia ter sido uma caixa de mogno, havia uma fenda por onde se podia introduzir alguma coisa.

— Talvez seja um cofre de moedas — arriscou Mary, roendo as unhas de ansiedade.

"Talvez", pensaram todos. Era um palpite como outro qualquer. Só que estava infinitamente distante da realidade.

Mary tentou controlar-se o mais que pôde, mas não conseguiu: pegou a tampa da caixa e, desajeitadamente, abriu-a. Quando a tampa girou nas dobradiças, a caixa toda desabou. No centro do que um dia fora uma caixa havia um velhíssimo caderno marrom, manchado de água, de uns 10 centímetros por 15, pousado sobre um monte de pedacinhos de papel antigo.

Ficaram todos a olhar para o caderno, sem dizer palavra.

Daniel e Mary sabiam que aquele mistério era melhor do que qualquer outro que contassem à noite, sob as cobertas, porque era verdadeiro.

Joseph sugeriu que continuassem a desvendá-lo lá embaixo. Entregou a Daniel os restos da caixa e confiou o caderno a Mary, mas disse-lhe que não o abrisse até que ele chegasse. Recolheu a pilha de papeizinhos dobrados — no entanto, as poucas palavras escritas em cada um estavam tão desbotadas que apenas poucas letras avulsas permaneciam legíveis.

14

COM MUITO CUIDADO, Daniel colocou os restos da caixa sobre a mesa da cozinha, e Mary pôs ao lado o velho caderno. As últimas instruções de Joseph foram bem claras: eles deviam esperá-lo.

Porém, por mais que quisessem obedecer aos desejos do pai, viram que não conseguiriam deixar o caderno quieto. Ele exercia um fascínio inebriante sobre os dois, tanto que, quando o pai estava pondo leite em seus copos, mal se contiveram para não pegar o caderno enquanto ele estava de costas. Quem saberia dizer se as crianças só precisavam de um pouco de magia em suas vidas ou se a caixa e aquele caderno realmente possuíam poderes mágicos?

— Papai, foi você quem achou o livro na caixa — anunciou Daniel, assumindo o comando — então, quando vier sentar-se, é você quem deve ler.

Mary queria muito ler aquele livro especial, mas se lembrou de que ainda não sabia ler muito bem.

As crianças olhavam ansiosamente para o pai. Joseph pegou o antigo caderno e colocou-o na palma da mão; constatou que não pesava mais que um punhado de penas. Ao abrir a capa, iniciou a leitura da primeira página.

> Traga suas orações
> à caixa dos segredos, meu filho,
> e tudo o que você pedir
> será atendido, um pedido após o outro.

— É uma caixa de segredos, papai — exclamou Mary —, uma caixa de segredos!

— Não é bem assim, meu amor — respondeu ele. — Parece ser uma caixa *para* segredos. — Isso explicava a abertura na tampa e os misteriosos papeizinhos dentro dela. — Diz aqui que se você puser suas orações dentro da caixa elas serão atendidas...

— Todas? — interrompeu Mary.

— *Tudo o que você pedir será atendido, um pedido após o outro* — recitou Joseph, aliviado com o fato de que o caderno nada mais era do que um conto de fadas.

Ao que parecia, Daniel pensava de forma diferente, e deu um longo assobio abafado diante da magnitude daquela descoberta.

Joseph continuou a ler...

O MISTÉRIO DA CAIXA DOS SEGREDOS

Escrito em 26 de março de 1780, manhã de Páscoa, por Malaquias Hutchinson para seu filho recém-nascido, Joseph.

— É você, papai? — perguntou Mary, entusiasmada.

Daniel resmungou. Estavam diante de um verdadeiro tesouro, e Mary ficava fazendo perguntas idiotas, uma após outra. Temendo que Joseph iniciasse alguma explicação comprida, Daniel depressa atalhou, e explicou que pessoas diferentes podem ter o mesmo nome e também o mesmo aniversário.

— Por favor, papai — pressionou —, vire a página.

Escrevo estas linhas para ajudá-lo, Joseph, meu filho. Você está para nascer em um mundo que não é perfeito, um mundo freqüentemente difícil e incompreensível, um mundo em que quase todas as orações ficam sem resposta.

Tenho 23 anos de idade, o que faz com que eu seja, até o momento, o homem mais velho da família Hutchinson. Você pode perguntar como é que um homem tão jovem tem sabedoria suficiente para ajudá-lo. A isso respondo que viver cada dia sob a sombra da morte proporciona uma sabedoria incomum até a um homem comum. É por isso que vovó Mary passou para mim o segredo que vou passar para você.

— Vovó Mary? — exclamou Mary, exultante. — Ela tem o meu nome, papai. Nós duas temos o nome igualzinho.

— Pronto, lá vamos nós de novo — gemeu Daniel, dramático.

— Por favor, papai — implorou.

— Fique quieta, Mary, Daniel tem razão. Vamos ler primeiro, depois iremos às suas perguntas. — Joseph continuou a leitura...

> Que segredo pode estar contido em uma simples caixa e que necessitaria ser passado de geração em geração, desde que se tem notícia de um Hutchinson?
>
> Meu filho, o mistério da caixa dos segredos é o maior de todos os tempos. É o segredo de uma nova vida.
>
> É por isso que esperei até a manhã de Páscoa para lhe escrever. A caixa dos segredos realiza a promessa secreta feita naquele dia, para revelar o céu aqui na Terra. A caixa dos segredos que você tem nas mãos é aquela passagem através da qual o céu entra e, em sua vida, se revela na Terra.

Joseph ergueu os olhos do caderno. No reflexo negro dos vidros da janela, lampejava o rosto do anjo. "Vim para levar uma coisa de você e para lhe dar em troca algo muito mais importante", dissera ele. E entre as mãos segurava essa mesma caixa. Uma centena de diferentes pensamentos, como flocos de neve, disputavam sua atenção.

As crianças ameaçavam tomar o controle do livro se ele parasse de ler, então Joseph continuou...

> Confie em que não há nada mais importante em sua vida neste momento do que conhecer o mistério da caixa dos segredos. Nada.
>
> Se por acaso você se tornar um homem tão cético quanto eu fui um dia, Joseph, compreenderá a pergunta que fiz a vovó Mary:
>
> — Conhecer o segredo é mais importante do que apagar um incêndio em minha casa?
>
> — Especialmente se você estiver apagando um incêndio — respondeu ela.
>
> Sou um fazendeiro, meu filho, e não um professor ou um pensador como vovó Mary. Posso apenas repetir para você o que ela me disse. Não sei lhe dizer por que funciona, mas funciona.

Joseph, o filho ainda não-nascido de Malaquias, poderia ter sido o destinatário pretendido, mas seria impossível que ele precisasse dessas palavras mais do que Joseph, que estava ocupado em apagar seus próprios incêndios.

> Certifique-se, meu filho, antes de passar à página seguinte, de que você está pronto.

Joseph ergueu os olhos da página.

— Estamos prontos?

— Claro que sim!

Quisera ele estar assim tão seguro. Joseph tinha menos de um mês para imaginar como alimentaria sua família e sob que teto iria abrigá-la.

— Está na hora de ir para a cama — anunciou, sem saber o que fazer.

Muito relutantes, as crianças concordaram em ir para a cama, com a condição de que, ao raiar do dia, todos se sentariam à mesa e continuariam a ler o misterioso caderno. Joseph prometeu, mas teve que usar toda a sua força de vontade para não enfiar o caderno no bolso de trás quando subiram as escadas para ir para seus quartos.

15

A manhã seguinte

NA MANHÃ SEGUINTE, Joseph desceu as escadas e encontrou seus filhos à mesa, esperando a leitura do próximo capítulo. Não se lembrava de que alguma outra vez as crianças o houvessem precedido ao desjejum. O leite estava servido, fora passada manteiga no pão, e um fogo crepitante chamava para perto do fogão. No centro da mesa, intocado, estava o caderno: era impressionante o autocontrole de seus filhos.

Joseph acomodou-se à cabeceira da mesa.

— Um brinde — disse, erguendo o copo de leite — a você, tata-tata-tataravô Malaquias. — Joseph tinha apenas uma vaga idéia do número de gerações entre eles. E as crianças, àquela hora do dia, aparentemente não estavam fazendo esse tipo de conta. Daniel e Mary riram, e ele, mesmo a contragosto, achou contagiante o entusiasmo dos dois. Por fora, deu risadas junto com os filhos, mas por dentro preocupava-se com o fato de que poderia ser considerado alvo de chacotas. Com o céu a desabar à sua volta, ele, que jurara nunca mais ter fé em coisa alguma, depositava sua fé em uma caixa antiga e quebrada que fazia promessas impossíveis com chance de não as cumprir.

Joseph não pôde explicar o que o levava adiante... Novamente, abriu o caderno e iniciou a leitura.

Apresento-lhe o mistério da caixa dos segredos da forma como vovó Mary me apresentou — por meio de perguntas que buscam mais o raciocínio do que uma resposta, meu filho.

Vovó Mary começou assim:

— Desde o início dos tempos, todo homem ou mulher orou — centenas de milhares de preces a cada dia. Por que, então, apenas um punhado delas foi atendido?

"O critério determinante é a bondade de uma pessoa, ou sua piedade? Sua inteligência ou sua generosidade para com os velhos e enfermos? Se o critério é a bondade, por que são atendidas as orações dos homens maus e egoístas?

"Nem os maiores pensadores, Malaquias, acharam a peça final do quebra-cabeça da oração: o porquê de algumas orações serem atendidas e outras não. E isso, como você pode imaginar, era um grande peso à mente humana."

Pedra sobre pedra, caro Joseph, vovó Mary foi assentando as bases de seu argumento.

— Após viver, por gerações e gerações, o mistério das orações não-atendidas, isso foi se tornando uma frustração insuportável para a humanidade. O homem desejava a paz de espírito; até mesmo uma falsa paz seria melhor do que essa busca frustrante e infrutífera.

"Eis, então, Malaquias, aquilo em que a humanidade combinou acreditar, para que a busca da resposta que sempre lhe escapava pudesse chegar ao fim: é a vontade de Deus que escolhe quais orações serão atendidas e quais não o serão."

Confessei a vovó Mary que era exatamente essa a minha crença a respeito das orações.

— É só olhar, e você verá, Malaquias — disse ela com profunda tristeza —, como essa crença a princípio o acalma, roubando-lhe, porém, a capacidade de ter as suas preces atendidas.

Passei várias noites em claro, até compreender por que vovó Mary chamava isso de a grande mentira. Depois de muita luta interna, no entanto, eu compreendi.

"Ponha cem orações dentro da caixa, sem usar o mistério da caixa dos segredos, e nenhuma das cem será ouvida. Ponha cem orações dentro da caixa, utilizando o mistério da caixa dos segredos, e cada uma delas será atendida..."

A caixa dos segredos devolve à humanidade a autoridade de termos, ou não, as nossas orações atendidas e de usar essa autoridade como quisermos.

Para frisar bem o que dizia, vovó Mary pôs a caixa dos segredos em minhas mãos.

— Segure em suas mãos — disse-me muito séria — a passagem entre o céu e a Terra.

Confesso que fiquei temeroso com aquela responsabilidade. Se você também se sentir assim, meu filho, saiba que não há vergonha alguma nisso.

Vovó olhou para mim sem me ver, como se eu fosse uma janela de vidro, e disse:

— Você deve decidir, Malaquias, se quer reter todo esse poder em suas mãos. Se assim o decidir, você nunca mais irá considerar a caixa dos segredos ou as suas orações sem a devida importância.

Pensei por muito tempo, e com muito cuidado, antes de comunicar minha decisão em voz alta

— Sim — declarei —, quero reter em minhas mãos o poder da caixa dos segredos.

Joseph, meu filho, qual é a sua decisão?

Joseph pousou o caderno sobre a mesa e fez-se a mesma pergunta. Teve a sensação de que a resposta poderia ser de grande importância para sua vida.

Voltou-se para Daniel e Mary e disse:

— Vocês vão ter que decidir, cada um por si.

> Meu filho, se você decidir aceitar o poder da caixa dos segredos, passarei a você, sem demora, o primeiro segredo da oração que vovó Mary me confiou.

Talvez fosse preciso estar prestes a perder tudo para que Joseph cedesse à caixa dos segredos sem pensar duas vezes.

— Já decidi — anunciou, convidando as crianças a fazer o mesmo.

— Simsimsimsim — as palavras saíram a tropeçar, uma por cima da outra, formando uma longa afirmação. Não havia a menor dúvida entre eles.

O caderno fora escrito em um estilo antiquado de letra de imprensa. A pena aparada que Malaquias usara havia feito alguns borrões aqui e ali, mas o texto era legível. Todas as páginas eram pontuadas com pequenas ilustrações que explicitavam e enfatizavam os pontos mais importantes. Joseph pôs o caderno nas mãos de Daniel.

— Vou ler junto com você, Daniel.

Daniel estava fascinado — o pai jamais lhe pedira para ler em voz alta. Limpou a garganta e iniciou a leitura com toda a atenção.

Primeiro mistério da caixa dos segredos: AS ORAÇÕES SÃO ATENDIDAS POR VOCÊ MESMO.

Daniel leu, mas não entendeu. "De que adiantava ter um segredo se não sabia o que ele queria dizer?" Olhou para o pai.

— Não pergunte sem antes pensar, Daniel — respondeu Joseph. — O que você acha que isso quer dizer?

Daniel respondeu, hesitante:

— Quer dizer que... se eu orar pedindo alguma coisa... vou ter que deixar que essa coisa aconteça primeiro comigo? — Como Joseph não interveio, ele continuou: — A caixa dos segredos é como uma porta...

— Que a gente tem que abrir. — Mary estava feliz por ter encontrado, sozinha, uma peça daquele quebra-cabeça.

— E quando a gente abre — prosseguiu Daniel — o céu entra?

É claro que nada daquilo tinha a ver com o pagamento do dinheiro que ele devia ao banco, mas Joseph deixou que os filhos se perdessem naquele mistério.

— O céu entra pela porta aberta da caixa dos segredos — acrescentou Joseph, — e pela porta aberta no seu peito, onde está seu coração.

— Então qual é a resposta à nossa oração? — perguntou Daniel, com crescente frustração. — É abrirmos a porta para deixar o céu entrar ou irmos buscar o que queremos?

— As duas coisas. Tanto aquilo que queremos quanto aquilo que o céu quer para nós são atendidos no momento em que abrimos a porta do nosso coração.

Vovó Mary haveria de ficar orgulhosa.

À sua maneira, Mary também compreendeu:

— Se eu orar para que aconteça uma coisa boa, papai, então eu vou ter que deixar que ela primeiro entre pela porta do meu coração.

— É isso mesmo, Mary, e o contrário também acontece.

"Quando foi que meus filhos ficaram assim tão sábios?", indagou-se Joseph, lembrando a tempestade de sofrimento que todos eles haviam enfrentado desde que Miriam se fora.

— Já entendi! — exclamou Daniel. — Já sei qual é a minha oração.

— Então escreva, Daniel, e coloque na caixa dos... — Quando os três olharam para o que restara da caixa, deram sonoras risadas pela primeira vez em meses.

16

— Você pode fazer uma nova caixa dos segredos para nós, papai? — pediu Daniel, querendo dizer "agora"... "já".

Mais do que tudo, Joseph queria ser um bom pai, mas não sabia ao certo se para isso teria que empacotar seus pertences e planejar o futuro de sua família ou passar o dia no celeiro construindo uma caixa dos segredos.

— O homem do banco disse que a gente só precisa sair da casa no final de novembro — explicou Daniel. — Com certeza, não vai demorar esse tempo todo para as nossas orações serem atendidas.

A certeza de Daniel foi o fator decisivo.

— Você tem a fé de sua mãe — disse Joseph, vendo-os embrulharem-se em várias camadas de roupas desencontradas. Partiram todos para o celeiro.

Umas poucas tábuas que sobraram da confecção do caixão de Miriam estavam empilhadas no centro do celeiro. Quando se sentaram em frente a elas, assim como vovô Elijah uma vez lhe dissera, Joseph disse aos filhos:

— Se ficarmos bem quietos, vamos ouvir a madeira murmurando.

É claro que ele sabia que nem a madeira nem os campos plantados murmuravam. Mas exatamente como o fazendeiro que, de tal forma, se conecta aos ciclos de suas terras e quase chega a ouvir o crescimento das lavouras, vovô Elijah queria que ele fizesse o mesmo com a madeira — de tão conectados, eles seriam um só.

As crianças tremiam no celeiro cheio de correntes de ar, esforçando-se o máximo para escutar a madeira. Queriam ouvi-la murmurar, para agradar a seu pai. Infelizmente, só o que conseguiam ouvir era o entrechocar de seus dentes.

Joseph ficou olhando para a pilha de madeira até se dar conta de que a caixa dos segredos deveria ser feita de uma mistura da madeira do sótão e os restos da caixa de Malaquias, e não das paredes do celeiro. Durante a maior parte da manhã, ele e as crianças ficaram indo para lá e para cá, entre a casa e o celeiro.

Horas depois, os três Hutchinson sentaram-se, ansiosos, diante da enorme pilha de madeira, como se as tábuas pudessem sair pulando para montarem-se sozinhas. Esperaram, olharam e esperaram um pouco mais. Por fim, inesperadamente, Joseph começou a contar seu plano para a construção da caixa dos segredos.

— Vou fazer a caixa do mesmo tamanho que a de Malaquias. Podemos apoiar os quatro cantos com as dobradiças da caixa original. Vocês dois vão ter que limpar a sujeira e poli-la o melhor que conseguirem. — Joseph falava-lhes esquecendo-se de que as crianças queriam a caixa, e não um roteiro detalhado sobre sua confecção.

Cedendo sob o peso do tédio, Mary convenceu Joseph a liberá-los para que fossem para dentro de casa, onde era mais quente, para comerem e escreverem suas orações.

Depois de comerem, pensarem, cochilarem e escreverem, as crianças voltaram à cozinha para comparar suas orações. Seguiu-se uma grande discussão: qual dos dois seria o primeiro a ler sua oração? E se eles pedissem a coisa errada? E se eles orassem para obter coisas contrárias, será que as orações iriam se anular uma à outra?

Quando todas as questões foram resolvidas, cada um submeteu sua prece à análise do outro. Em folhas de papel separadas, em caligrafias diferentes, lá estava a mesma oração: *Faça o papai feliz.*

17

HORAS DEPOIS, Joseph terminou o projeto. Andava ao redor da caixa, examinando-a de todos os ângulos, sentindo cada centímetro de sua superfície. Deveria ter ficado satisfeito quando sentiu a madeira sob suas mãos ficando lisa como cetim, mas achou que ainda não estava bom, que faltava algo muito importante. Em silêncio, com a caixa entre as mãos, Joseph pediu que lhe fosse mostrado o que estava faltando, como faria o vovô Elijah. Não levou muito tempo para ver com os olhos da mente — a caixa do anjo possuía um pequenino fecho que brilhava intensamente, um fecho feito de ouro puro.

Ouro puro. "Bem", pensou Joseph com sarcasmo, "por que não forrar o interior da caixa com rubis ou, melhor ainda, com brilhantes? De onde viria o dinheiro para tal extravagância?" Afastou tal possibilidade fantasiosa.

Pôs a caixa debaixo do braço e foi para casa, onde seus filhos o esperavam. Sentia o mesmo orgulho que Malaquias deve ter sentido quando vovó Mary a colocou em suas mãos. Abrindo de uma vez a porta da frente, anunciou:

— Está pronta.

Era o mais simples trabalho de carpintaria de Joseph e, no entanto, uma obra de arte. Com exceção do caixão de Mary, nunca fizera nada com maior respeito. A madeira dessa caixa dos segredos estava impregnada de todos os sonhos que lhe transbordavam do coração com relação à sua família.

Joseph colocou a caixa no centro da mesa e viu os olhos de Daniel e Mary arregalarem-se, maravilhados. Viu, também, o papel, a pena e a tinta que as crianças haviam preparado para ele escrever sua oração.

Ao sentar-se, pegou a pena. Sua oração era o único pensamento que lhe vinha à mente enquanto fazia a caixa. Era o que ele desejava mais do que tudo no mundo. Joseph molhou a pena na tinta, escorreu o excesso e, cuidadosamente, escreveu sua oração.

Por favor, cuide dos meus filhos.

Enxugou uma lágrima no canto do olho, esperando que as crianças não tivessem notado.

Mas elas notaram.

Antes de permitir que elas pusessem suas orações na caixa, Joseph disse:

— Se vamos fazer isso, façamos certo. — Leu, então, em voz alta, as três frases que faltavam do primeiro segredo do caderno.

> Escreva sua oração e coloque-a na caixa dos segredos. Não retire nem modifique a sua oração por motivo algum, no futuro. Não destranque a caixa.

— O fecho, papai. Está faltando o fecho!

Joseph explicou que não estava faltando. É que eles não tinham dinheiro para comprar o tipo de fecho que a caixa dos segredos deveria ter, um fecho feito de ouro puro. Disse-lhes que esperava que a caixa funcionasse da mesma forma sem ele. Todos combinaram fingir que a caixa tinha um fecho, e que jamais iriam abri-lo.

— Espero que talvez um dia possamos comprar esse fecho — disse Joseph, pensativo.

— Esse dia vai chegar, papai — disse Daniel, com plena certeza. —Você vai ver.

Joseph dobrou a folha de papel com sua oração e meteu-a na abertura da tampa da caixa. Depois de dobrar seu papel o máximo que pôde, Mary fez o mesmo. Daniel beijou o papel com sua oração antes de introduzi-lo na caixa.

Embora não pudessem saber, a quilômetros de distância a resposta às suas orações começava a tomar forma.

18

A manhã seguinte

Charlie Mulch despertou com uma dor de cabeça de rachar. Como não era homem de sofrer em silêncio, acordou sua esposa para que o ajudasse a aliviar a dor.

Daisy friccionou-lhe os ombros, aplicou panos frios sobre sua testa e deu-lhe uma dose extra de carinho. Charlie era um bom homem. Era também teimoso como um jumento, mas só ela sabia que por trás daquela fachada fria como aço batia um coração mole; era essa discrepância a causa de suas dores de cabeça.

Quando a dor o vencia, Charlie vinha sempre com as mesmas velhas desculpas:

— Se eu for fraco, todo mundo no banco vai querer tirar vantagem de mim. O banco é um campo de batalha — dizia, quando Daisy o chamava de tirano.

Para que discutir com ele, se as dores de cabeça eram seu melhor mestre?

— Fazer negócios não é fazer as pessoas nos adorarem, Daisy.

Nessa arena, Charlie era imbatível. Além de Daisy, ele não tinha um só amigo no mundo. Mesmo seus colegas do banco não apreciavam o modo como Charlie intimidava as pessoas ao desempenhar sua função.

Aos jovens empregados que lhe eram enviados para treinamento, Charlie desafiava:

— Moleza ou dureza? Tem que escolher — dizia, com o dedo no peito deles, a deixar rudemente clara a explicação. — Se você for fraco, da próxima vez vão pisar em você; mas, se for forte, é você quem vai pisar no outro.

Nenhuma dessas opções parecia muito atraente, mas os que eram treinados por ele sabiam a resposta que o sr. Mulch queria ouvir. Muitos jovens promissores já haviam deixado o banco em busca de uma linha de trabalho mais humana. Sem dúvida, o mundo dos negócios era duro, pensavam, mas não precisava ser assim tão desumano.

Charlie porém achava que precisava.

Daisy casou-se com o homem que se escondia sob a fachada oficial, o homem que baixava a guarda somente quando achava que ninguém o estava vendo. Carinhosamente, Daisy perguntou-lhe:

— O que o está preocupando, meu marido?

— Tive que fazer um serviço e não estou conseguindo ficar em paz.

— O que você fez, meu bem?

Charlie fechou os olhos — seria mais fácil confessar se não estivesse olhando para ela.

— Tive que executar a fazenda de um homem.

— O que aconteceu? Com certeza deve ter havido *alguma coisa* com a família dele.

— Sou o presidente do banco, e não o melhor amigo dele. Na verdade, ele não paga as parcelas há anos. Não tive escolha.

— Charlie — começou ela delicadamente —, quando você foi comunicar-lhe a execução, qual motivo o fazendeiro lhe deu para não pagar as parcelas?

Charlie concentrou-se nos seus dedos, na colcha de retalhos, no canto dos pássaros lá fora — em tudo, menos em Daisy

Ela massageou-lhe as têmporas e esperou. Mais cedo ou mais tarde, a culpa o faria confessar.

— Ele disse que sua mulher tinha... — a cada sílaba, sua voz ia ficando mais baixa — ...adoecido.

— Doença grave, Charlie?

Se ela lhe tivesse pedido que erguesse aos ombros um cofre do banco, teria sido mais fácil do que responder àquela pergunta. Como um eco vindo das profundezas de um vale invisível, ele disse:

— Ela morreu.

Daisy não tentou esconder a exasperação.

— Ah, meu homem de cabeça dura e coração mole; o que é que eu vou fazer com você? — Beijou-o, fazendo-o deitar a cabeça no seu ombro. — Qual é o nome dele, querido, que eu vou ver se há alguma coisa que eu posso fazer para ajudar. — Ela poderia ajudá-los a empacotar as coisas, levar-lhes comida, tomar conta das crianças. Daisy não precisava perguntar, sabia que havia crianças.

— Hutchinson.

Daisy aprumou-se na cadeira.

— Charlie, diga-me, por favor, que não é Joseph Hutchinson.

— É... sim. Por quê?

— Querido! Você não lembra quem é ele? — perguntou ela, embora o silêncio dele já lhe dissesse que não. — Foi David, o avô de Joseph, quem salvou a vida do meu avô Edward...

— Quando eram meninos e estavam caçando juntos! — exclamou Charlie, aliviado por lembrar-se.

Não havia niguém no município que não tivesse ouvido a história de quando o sr. Edward levara uma patada de um antílope assustado e David Hutchinson carregara-o nos braços por mais de seis quilômetros até a cidade. O médico dissera que, se David não o tivesse feito, seu avô teria morrido com o sangramento dentro da barriga.

— Nós devemos aos Hutchinson, Charlie — Daisy era uma mulher temente a Deus e não precisava que lhe dissessem qual era a coisa certa a fazer — ela já sabia dentro do seu coração.

— A primeira coisa que vou fazer amanhã de manhã será ir à fazenda dos Hutchinson, para ajudá-los a descobrir uma maneira de permanecerem em sua fazenda.

Charlie estava envergonhado.

— E você irá comigo.

19

Mais tarde na mesma noite

Lá estava a caixa dos segredos à frente deles, com o caderno fechado a seu lado. O dia trouxera uma aventura após outra para Daniel e Mary, mas o melhor ainda estava por vir: o segundo mistério da caixa dos segredos. Ansiosos, tamborilavam com os dedos e batiam os pés sobre as velhas tábuas de carvalho do assoalho, mas isso não fez Joseph chegar mais depressa. Ele estava fechado em seu quarto, e eles sabiam que não o deviam incomodar.

Joseph estava sentado à beira de sua cama, em silêncio. Suas mãos calejadas agarravam-se à colcha, como se quisessem acabar com ela, só de pensar que não seria capaz de prover o sustento de seus filhos.

Traga todas as suas orações à caixa dos segredos, meu filho...

Se ao menos tivesse falado alguma coisa com o presidente do banco. Se o homem tivesse se mostrado disposto a ajudá-lo, ou apenas a ouvi-lo. Joseph estava certo de que teria apresentado alguma solução.

Se ao menos seu pai e seus irmãos não fossem Hutchinson e não tivessem morrido tão cedo — poderiam estar hoje todos vivos, trabalhando juntos, apoiando-se uns aos outros. E quando Joseph lhes trouxesse um problema, com certeza o ajudariam a solucioná-lo. Ele não teria que resolver sozinho a sua vida nem teria que solicitar ajuda a uma droga de caixa.

Se ao menos sua mãe não o houvesse feito prometer que manteria a fazenda na família depois que ela se fosse, ele estaria livre para tomar a frente de sua vida e trabalhar no que mais adorava neste mundo: passar os dias coberto de serragem.

E tudo o que você pedir será atendido, um pedido após o outro.

Agora que Miriam se fora, não sobrara ninguém com quem falar, em quem se apoiar. Aqueles que restaram de sua família apoiavam-se nele. Deu-se conta, mais uma vez, de como Miriam era forte, de quanto o ajudava. Será que ainda a teria novamente nos braços? Será que ela algum dia o perdoaria? Será que ele algum dia se perdoaria?

Abriu a boca para recitar sua oração — *cuide dos meus filhos* —, mas as palavras não saíram. As poucas sementinhas de fé que começavam a deitar raízes em seu coração haviam sido esmagadas sob o tacão da realidade.

> Conhecer o segredo é mais importante do que apagar um incêndio em minha casa? Especialmente se você estiver apagando um incêndio.

Baixou a cabeça entre as mãos, os olhos úmidos de lágrimas, e ficou ali sentado por uns bons quinze minutos, à beira do abismo que era o futuro de sua família.

Quando Joseph desceu a escada, Daniel e Mary sorriram. Mas quando ele tomou o seu lugar e abriu o caderno sem uma piscadela, sem uma palavra amiga, as crianças sentiram sua tristeza, seu desespero.

Ah, queriam poder correr para ele, abraçá-lo com força e dizer-lhe que tudo acabaria bem, mas não o fizeram. Nada estava bem, e sabiam disso. Mamãe se fora, e sua casa e sua fazenda também iriam embora. A tristeza do pai penetrou em seus corações infantis como uma fumaça cinzenta que passa pelas fendas e por baixo das portas. Inevitavelmente, a tristeza transformou-se em medo. O que seria deles? A voz do medo os assustava, assim como o canto da sereia a chamar os marinheiros para a morte. Mas não conseguiam deixar de ouvi-la. Lágrimas silenciosas começaram a escorrer pelas faces das crianças. Seu pai já era grande demais para chorar, mas sabiam que as lágrimas dele estavam transbordando em seu interior.

A tempo, Joseph pegou o caderno, abriu-o e leu...

> Segundo mistério da caixa dos segredos: A ORAÇÃO É ATENDIDA QUANDO VOCÊ A ESCUTA.
>
> Quando fala, você é uma represa que transborda, mas quando ouve, você é uma vasilha aberta pronta a receber.
>
> A todo custo, revelo-lhe que fui um homem cujas palavras transbordavam. Como um tambor, batia minha oração para que penetrasse na cabeça de Deus, na tentativa de fazê-LO lembrar-se dela.
>
> O segundo mistério é escrever sua oração uma vez e não falar mais sobre ela com Deus. Daí por diante, ouça. Apenas ouça.
>
> — E onde um fazendeiro como eu, com afazeres do nascer ao pôr-do-sol, encontrará tempo para ouvir? — perguntei a vovó Mary.

> — Volte ao seu trabalho, faça o que tem que fazer, mas com uma parte de você sempre inclinada a ouvir. Saiba que Deus nos fala continuamente, mas não podemos ouvir se não estivermos com os ouvidos abertos.
>
> Meu coração pesa, meu filho, só de pensar que Deus deve ter muito trabalho para atrair nossa atenção.

Joseph virou a página com a intenção de ler o terceiro segredo, mas o texto advertiu-o de que não o fizesse.

> Não leia o *terceiro mistério* até ter passado esta noite a ouvir. Você ficará surpreso com a quantidade de coisas que se pode ouvir no silêncio.

Joseph fechou o caderno, empurrando-o para o centro da mesa. Sem uma só palavra de protesto, levantaram-se e subiram as escadas para o quarto.

Naquela noite, foi simples a oração em seus três corações: oraram pelo sono, em que os aguardava um doce embora temporário esquecimento.

20

Início da manhã seguinte

JOSEPH, DANIEL E MARY estavam seguindo os conselhos de vovó Mary ao pé da letra — ouviam enquanto encaixotavam seus poucos utensílios de cozinha. Para sua surpresa, quando medida em caixotes de madeira, a vida deles sem a mãe não era grande coisa.

Em meio à atividade de empacotar e ouvir, uma inesperada batida à porta deu-lhes um susto. Daniel abriu a porta da cozinha: lá estava o homem do banco, acompanhado de uma senhora. Um tremor de ressentimento perpassou-lhe o coração, mas conteve as palavras que o acompanhavam.

— Esperem aqui — avisou. — Vou chamar meu pai. — Foi o máximo de educação que conseguiu dispensar-lhes.

Quando Joseph apareceu à porta, sem hesitação deu as boas-vindas ao casal, com o calor que se poderia esperar de um sol desenhado a tinta sobre um papel. Fez-lhes sinal para que se sentassem à mesa.

"Ouça o que o homem tem a dizer", disse a si mesmo, voltando-lhes as costas para preparar-lhes um chá. Sentiu na boca um gosto amargo, quando se desculpou por não ter pães ou bolos para acompanhar o chá.

— Ah, não é necessário, sr. Hutchinson — disse Daisy, amavelmente.

"Responda ao mal com o bem", aconselhava-lhe Miriam sempre que via sua expressão se fechar. A voz dela vinha bem de perto.

— O que desejam? Como vêem, estamos embalando nossas coisas — disse Joseph, asperamente. Sentou-se. As crianças sentaram-se junto dele, uma de cada lado, para o caso de terem que protegê-lo.

Daisy pousou a mão sobre o pulso de Charlie, um sinal entre os dois para que ele começasse.

— Minha esposa Daisy contou-me uma história interessante sobre o seu avô David, sr. Hutchinson. Talvez as suas orelhas tenham ficado quentes ontem de manhã, quando falamos dele. Parece que quando seu avô era menino salvou a vida do avô de Daisy.

Joseph não esboçou nenhuma reação.

Daisy aproveitou a oportunidade para fazer contato com as crianças, contando-lhes uma versão lindamente enfeitada do ato heróico de seu avô David.

— Seu avô era um rapaz forte e corajoso — começou ela.

Embora na defensiva, Mary e Daniel foram se abrindo para Daisy. Sentiam muita falta dessa atenção carinhosa.

— Vocês sabiam — disse ela, inclinando-se para eles — que quando nossos avós eram meninos eles eram muito, muito amigos?

— Quando eu contei a Daisy que o senhor era um Hutchinson — atalhou Charlie —, ela disse que precisávamos fazer alguma coisa para impedi-lo de ser posto para fora de sua fazenda. É por isso que estamos aqui... para ajudá-lo... e para dizer que sinto muito pelo modo como o tratei — gaguejou. — Eu errei ao ser tão insensível. Sinceramente, sr. Hutchinson.

— Os senhores estão aqui para me *ajudar* a ficar com a fazenda? — perguntou Joseph, incrédulo.

Os olhos dos Hutchinson voltaram-se para a caixa dos segredos, de modo que Charlie também a notou, já que fora colocada no centro da mesa da cozinha.

— Que linda caixa! — disse ele, admirando genuinamente o belo trabalho.

— Obrigado, sr. Mulch — disse Joseph mecanicamente, sem saber ao certo o que fazer diante do rumo inesperado dos acontecimentos.

— Por favor, pode me chamar de Charlie. — Estendeu a mão e apertou entusiasmado a mão de Joseph, com o alívio que um homem sente ao ser perdoado.

O som borbulhante da água a ferver anunciou um intervalo.

Joseph saiu da mesa para preparar o chá, reprimindo o impulso de agarrar seus filhos e rodopiar com eles pela cozinha.

— Quem fez esta caixa? — perguntou Charlie.

— Foi o papai — disse Mary. — O papai fez tudo que é de madeira nesta casa; tudo mesmo.

— Posso examiná-la?

— Só não pode abrir — avisou Daniel. — Tem umas coisas muito pessoais dentro dela.

— Respeito seu direito à privacidade, filho; obrigado por me avisar. — Charlie pegou a caixa com um cuidado excessivo para mantê-la tampada e apreciou sua total simplicidade. Ao contrário de outros homens, ele compreendia que, quanto mais simples uma peça parece, mais refinado é o trabalho do profissional. Esta era tão simples que o fazia pensar que qualquer um podia fazer outra igual, bastava querer; até descobrir que era quase impossível.

— Você é carpinteiro? — perguntou Charlie, com admiração.

— É só um *hobby* — disse Joseph, tentando desviar o assunto, ainda inseguro quanto ao rumo que as coisas estavam tomando.

— Esta mesa — inspecionava Charlie —, as cadeiras e a cômoda... foi você quem fez?

— Fui eu — respondeu humildemente. — Chega um dia em que tudo precisa ser substituído.

— Embora minha esposa não concorde, Joseph, eu sou um péssimo carpinteiro...

— Ah, eu concordo, querido, só não digo isso na sua presença — disse Daisy, com uma risada espontânea.

— Há vários anos falo em colocar mais algumas coisas em nossa casa — um escritório para mim, um quarto de costura, e talvez dois dormitórios para os parentes de Daisy. Você parece ter um talento natural para isso, sr. Hutchinson — disse ele, virando a caixa nas mãos. Charlie não podia parar de admirar a beleza daquela peça. Gostaria de saber se Joseph faria uma igual para ele.

Daisy quase abraçou seu marido pela ótima idéia.

— Charlie está querendo dizer, sr. Hutchinson — improvisou ela —, que ficaríamos gratos se o senhor pudesse vir trabalhar para nós. Isso não é um favor, é claro. Precisamos de sua ajuda, e, certamente, iríamos lhe oferecer uma boa compensação financeira.

Charlie deixou sua esposa estabelecer o pagamento de Joseph. Ela tinha mais condições de calcular o custo exato da mão-de-obra daquele homem, com uma taxa adicional pela culpa de Charlie.

— Desse modo, sr. Hutchinson, o senhor pode continuar em sua fazenda — explicou Daisy —, e terá condições de fazer seus pagamentos ao banco.

O trato foi o seguinte: na segunda-feira seguinte, Joseph começaria o trabalho na casa dos Mulch. A carruagem viria pegá-lo na fazenda Brown às sete da manhã. Ele sabia que Grace estaria mais do que disposta a tomar conta de seus filhos durante o dia, enquanto ele estivesse fora.

Joseph levantou-se de cabeça erguida e falou, calmamente:

— Agradeço a ambos. — No íntimo de seu coração, percebeu uma tênue luz de esperança.

Embora com o coração pleno pelos momentos que passara com os Hutchinson, Daisy sentia-se cada vez mais desalentada na carruagem de volta a casa. Sua vida não era muito diferente de um trajeto naquela carruagem, de costas para os cavalos, vendo apenas o lugar onde estivera, e não aquele ao qual se dirigia. O que aconteceria a seguir era uma pergunta jamais respondida de antemão, e Daisy não gostava de surpresas. Sua maior surpresa, o fato de não ter filhos, ainda lhe causava dor. Sonhando acordada, ela abraçava e beijava Daniel, embalava Mary à noite até que dormisse, como se fossem seus próprios filhinhos.

Já o devaneio de Charlie era outro: indagava-se se Joseph lhe faria uma caixa idêntica à que possuía. Do instante em que pegou nela com suas próprias mãos, Charlie sentiu uma estranha ansiedade, uma inquietude que lhe susteve a respiração por uns instantes, como se estivesse à beira de alguma coisa que não saberia como designar. Em uma parte secreta de seu coração, onde morava o verdadeiro Charlie Mulch, foi como se um fecho se destrancasse e uma porta se abrisse, permitindo-lhe ver com indubitável clareza aquilo que suas dores de cabeça vinham tentando lhe mostrar — esconder-se não era mais seguro do que se expor abertamente.

Horas depois, durante o jantar, quando Daisy perguntou-lhe de onde tirara a idéia de contratar Joseph, Charlie contou-lhe que fora como se a caixa lhe dissesse o que deveria fazer.

21

Dois dias depois

Quando Grace sugeriu que todos comessem na casa dela, ficou surpresa ao ouvir Joseph aceitar o convite. Ele estivera fechado como uma pedra nos últimos três meses, mas hoje parecia diferente. Na sexta-feira, ao meio-dia em ponto, os Hutchinson chegaram. Grace e sua filha Rose ainda estavam na cozinha preparando uma refeição em homenagem à boa notícia de Joseph. Quando afinal surgiram, trazendo bandejas e bandejas transbordantes de comida, Joseph compreendeu a demora. Grace não preparara uma refeição, mas um banquete. A comida era tão farta que quase não havia espaço na mesa para os cinco copos d'água.

Grace anunciou:

— Venham, Hutchinsons. Venham que as mulheres da família Brown vão alimentar vocês. — Rose aprumou-se, orgulhosa, quando ouviu ser chamada de mulher.

Daniel e Mary apostaram corrida para pegar um lugar ao lado do pai, mas Joseph não demonstrava pressa de chegar a parte alguma. Ao menos uma vez na vida, era a vida que vinha a seu encontro — na segunda-feira, viria uma carruagem para transportá-lo ao sonho de ser carpinteiro.

Sentada à cabeceira da mesa oval, Grace observava aquela cena alegre. Como sua família eram apenas duas pessoas, ela e Rose tinham um apego quase egoísta à intimidade de sua solidão. Pelo menos até então. Agora, porém, apreciava a animação e a alegria ruidosa que faziam parte de uma família grande. "Uma família grande" — que pensamento maravilhoso.

Após darem graças, dizerem amém e todos se servirem, Daniel anunciou a Rose:

— A sua casa é muito de mulherzinha para mim.

— Então, ainda bem que você não mora aqui — retrucou Rose.

— Não ligue para ele. — Mary disse, e acrescentou: — Acho sua casa muito bonita.

Todos riram, porque era verdade. Se a casa dos Hutchinson era mobiliada para ser funcional, a casa dos Brown fora projetada com vistas ao conforto e à beleza. Era óbvio que homem algum morava ali desde que o marido de Grace a deixara — cortinas com babadinhos, brancas e engomadas, sofás com capas cor de pêssego;

dezenas de enfeites graciosos nas paredes, com fitas e laços multicores; e almofadas forradas de seda em tons pastel, guarnecendo todas as cadeiras e superfícies disponíveis. Suntuosa, convidativa e — Daniel tinha razão — de mulherzinha.

Comeram, comeram, até que os dois frangos assados reduziram-se a ossos, e os pães, bolachas e pudins ficaram apenas na memória. As três crianças aguardavam apenas o sinal de aprovação para saírem da mesa. Antes, porém, que deixassem a sala, Daniel, Mary e Joseph trocaram um olhar clandestino para confirmar seu acordo tácito — não falar sobre a caixa dos segredos.

Quando as crianças saíram da sala, Grace deixou a mente divagar, sem censura, como se fosse Rose em uma loja de doces — só apetite e nenhuma restrição —, única explicação para o fato de que, sem outro motivo aparente, ela, que jamais pensara viver o resto de sua vida sem um homem, pensava no asssunto agora. Sentiu-se tola, depois culpada, e então resolveu ocupar-se tirando a mesa.

O sonho de Joseph estava já bem próximo, e ele quase tremia de ansiedade.

— Faltam dois dias para a segunda-feira, Grace.

Do outro lado da sala, Grace sorriu para ele, mas continuou sua tarefa.

— Trabalhar na fazenda tem sido para mim como carregar todo dia um saco de pedras nas costas, de uma ponta à outra. — Joseph deu um monumental suspiro de alívio. — Quando for segunda-feira, vou poder, finalmente, largar esse peso.

— Joseph Hutchinson, carpinteiro — anunciou Grace de dentro da cozinha. — Escolha uma profissão que você adora — recitou, equilibrando pratos e travessas nos braços dobrados —, e você nunca terá que trabalhar um só dia em sua vida.

— Você é uma boa amiga, Grace, e sempre foi uma boa professora para mim.

— Pare com isso, Joe — disse, ruborizada.

— É sério. Quem você acha que me ensinou a contratar homens para trabalhar em minha fazenda? Você vai ter orgulho de mim, porque eu anunciei aos vizinhos que vou arrendar minhas terras, com exceção de dois hectares, a quem fizer a melhor oferta.

— Não foi comigo que você aprendeu isso — protestou Grace, devolvendo os pratos à mesa. — Um fazendeiro nunca abandona as suas terras, Joe.

— Não estou abandonando. Só as estou emprestando a homens que querem trabalhá-las. Homens que gostam disso e que não são como eu, que sempre detestei.

Quem era ela para julgar? Grace jamais trabalhara um pedaço sequer de suas terras. Filha única, mimada, quando seus pais morreram, deixando-lhe a fazenda, tornou-se uma mulher também mimada. Então, quando se deu conta de que seu marido não servia para nada neste mundo, teve a esperteza de contratar, para trabalharem suas terras, meninos que precisavam de um dinheirinho extra. Esforçavam-se ao máximo em troca de umas poucas moedas; entre eles, Joe. Um homem não poderia sustentar sua família com o que ela pagava, mas um menino conseguia comprar um sonho inteiro com moedas. A notícia de que ela precisava de quem plantasse e colhesse suas lavouras espalhou-se pela cidade. Desde esse dia, Grace nunca ficara sem ajuda nem os meninos sem uns trocados.

Joseph sorriu:

— Com os dois hectares que me restaram, quero triplicar o tamanho do celeiro, para que eu possa fazer ali o meu trabalho de carpintaria durante os meses de inverno. Além disso, terei bastante espaço para Daniel aprender a montar Eleanor, até o dia em que eu lhe comprar um cavalo. E talvez — acrescentou, deixando a imaginação correr solta — você e Rose possam... — Mas o que é que estava dizendo? Joseph rapidamente pediu licença e saiu da mesa e da sala.

Quando Grace era menina, tinha um cachorro *terrier* que, em vez de dividir seu precioso osso ou de exibi-lo, o enterrava, guardando-o em segurança.

Na outra sala, Joseph conseguia respirar um pouco melhor. Os desenhos a pena e a tinta que cobriam as paredes chamaram sua atenção. Todas as peças tinham uma moldura simples em ferro batido, e representavam a vida na fazenda. Todas tinham o mesmo título — *A boa terra* —, mas nenhuma fora assinada pelo artista.

— Quem fez estes desenhos? — perguntou a Grace, de lá mesmo.

Fingindo ignorar, ela disse que não sabia.

Sua modéstia tocou-o profundamente. Joseph foi até a cozinha e parou ao lado dela. Falou com delicadeza:

— Sabe, a maioria das mulheres teria afundado num mar de autocomiseração. — É claro que ele se referia à época em que o marido a abandonara.

— Ah, Joe — respondeu ela, ambiguamente. Nem para ele ousava admitir que ficara aliviada quando o marido partira. Tinha sido uma bênção. Da noite para o dia ela ficara livre para trabalhar e para falar como bem entendesse.

— Ele não era um bom homem — disse Joseph, com uma incrível familiaridade.

Ele era um bruto, com certeza, por tê-la deixado quando estava esperando um bebê, mas ela acabou ficando com muito mais do que o que ele lhe tomara.

— Tenho a minha Rose — respondeu Grace, como se aquilo explicasse tudo. — Rose é meu verdadeiro tesouro. Além do mais, temos direito de tomar uma ou outra decisão errada na vida, não temos?

— Eu nunca achei que foi culpa sua, Grace. Para mim, a culpa foi dele.

Comovida com aquele gesto de proteção, ela disse:

— O que está feito está feito, Joe — disse, referindo-se à vida dos dois. — Que outra opção nós temos, senão a de seguir em frente?

Deus nos fala continuamente.

— Podemos fazer o que fez a mulher de Lot: uma estátua de sal não fica com o coração partido — sugeriu Joseph, meio de brincadeira.

— Voltar para trás os ponteiros do tempo não é uma opção, Joe.

> Não podemos ouvir Deus se não estivermos de ouvidos abertos.

— Eu acho que é uma ótima opção. — Era o pensamento, sem que ele se desse conta, estava construindo um muro de pedra à volta de seu coração; enquanto não o demolisse, ele seria a sua proteção. — Esta é, certamente, a opção mais segura.

— Não é não, Joe. — Seus lábios tremeram, mas ela não quis deixar que as lágrimas viessem. Suas palavras não se referiam a ele, mas ela as disse mesmo assim. — Ouça, Joe, nossos ancestrais deixaram a Europa para navegar em território desconhecido. Não podiam se dar ao luxo de chorar o que ficou para trás, pois, se fizessem isso, você, eu e nossos lindos filhos não estaríamos aqui hoje.

Como é que ela poderia saber que à noite, à luz de vela, Joseph escrevia cartas a Miriam, de uma ou até de duas páginas, implorando seu perdão. Quando sugeria que ele se desprendesse do passado, Grace pedia-lhe que fizesse o impossível: que deixasse Miriam para trás.

> Meu coração pesa, meu filho, só de pensar que Deus deve ter muito trabalho para atrair nossa atenção.

— Hmm... Talvez você esteja certa, Grace — disse ele, tentando apaziguá-la. — Talvez já seja hora de seguir em frente — admitiu ele, embora, internamente, sua mente estivesse buscando uma desculpa que a acalmasse. Como poderia esperar que ela compreendesse o que ele havia feito, razão pela qual jamais poderia esquecer Miriam. — De agora em diante, vou pôr minhas necessidades de lado e atender às necessidades das crianças, até que elas cresçam e sigam seu próprio caminho.

Para Grace, aquilo estava parecendo um sacrifício de um daqueles santos da antigüidade. Era uma desculpa ridícula.

— Meu passado teve como centro a minha felicidade, e meu futuro vai ter como centro a felicidade deles — declarou Joseph, com palavras que, até para ele mesmo, soaram falsas.

Grace ficou em silêncio, com um sorriso de compaixão nos lábios fechados, enquanto Joseph se ocupava em proteger seu frágil coração. O clima ficara pesado com a conversa que haviam tido. Era muito cedo para esse tipo de conversa, ou talvez já fosse tarde demais. O incômodo silêncio a fez sentir-se pouco à vontade, e Grace aproveitou para terminar de tirar os pratos sujos da mesa e os pensamentos frívolos da mente.

22

Manhã de segunda-feira

Como se caminhasse embaixo d'água por todo o fim de semana, Joseph tomou todas as providências necessárias para organizar sua vida doméstica, até que chegou a tão esperada segunda-feira — às sete horas da manhã —, e já com as duas famílias reunidas na casa dos Brown, onde ficou à espera da carruagem dos Mulch.

Assim se passaram as sete, as oito e as nove horas daquela manhã.

Daniel, Mary e Rose andavam na ponta dos pés, falavam aos sussurros e estavam quase invisíveis.

Quando bateram dez horas e nada de carruagem, a fé de Joseph havia se reduzido a pó, levando-o a imaginar o pior — os Mulch esqueceram-se, ou enganaram-no, ou então não se importavam com o que acontecesse aos Hutchinson. Pegou o cachecol e enrolou-o à volta do pescoço como um nó, socou os punhos fechados casaco adentro e saiu da casa dos Brown para combater, sozinho, os seus demônios. Andou, andou, andou em meio a uma densa nevasca de emoções. Joseph, como Malaquias, queria segurança, uma certeza que pudesse enxergar. As respostas da caixa dos segredos estavam-no levando na direção contrária, afundando-o ainda mais no desconhecido, em que não havia garantias.

Medo, medo, medo, medo... Em qualquer lugar aonde fosse, sentia medo. Joseph pegou uma pedra do chão e arremessou-a na árvore mais próxima. "Seria impossível ser um homem da família Hutchinson e não viver com medo?"

De repente, veio uma lufada de vento por entre os galhos despidos das árvores, e Joseph ergueu o colarinho para proteger-se do frio. Naquele momento, ouviu uma voz inconfundível — a voz de Miriam. E ela sussurrou: "*Joseph, a oração está ouvindo.*" Um calafrio percorreu-lhe a espinha, e ele gelou. Então, tomou coragem e apenas ouviu.

Atentamente, ouviu Miriam explicar-lhe como o medo fazia todo homem temer o amanhã, como o medo obscurecia todos os demais pensamentos e tornava fraco até mesmo um homem forte.

Miriam estava certa. Assim como o relâmpago ilumina por um instante o céu noturno, a verdade perpassou as trevas de Joseph. Viu o rosto de seu verdadeiro inimigo, e não eram os Mulch, ou sua má sorte, ou a maldição de sua família. Era o medo em si.

Joseph voltou correndo à casa de Grace, voou sobre os degraus da varanda, abriu de uma só vez a porta da frente e pediu que todos vestissem seus casacos.

— Tenho um segredo para contar a vocês, e não me façam perguntas. É só me seguir.

Amontoaram-se todos na charrete e, ansiosos, foram à casa dos Hutchinson, onde Joseph abriu a porta da frente e fez sinal para que entrassem. Sem uma palavra, Joseph apontou para a caixa dos segredos. Só então exclamou:

— Aqui está.

Grace e Rose olharam para a caixa de madeira envolvida por uma réstia de luz solar no centro da mesa da cozinha.

— É uma caixa — disse Rose, obviamente decepcionada.

— Ah, mas não é uma caixa comum, Rose — disse Mary com um sorriso.

— Chama-se a "caixa dos segredos" — disse Joe, respeitosamente.

Grace ficou olhando para a caixa, sem entender. Será que Joe já estava se agarrando a qualquer coisa, chamando aquele objeto de caixa dos segredos na esperança de que fosse atender aos seus pedidos? Mas, como o via tão entusiasmado, preferiu não externar seu ceticismo.

— Vou explicar tudo em um minuto — prometeu Joseph —, mas primeiro vamos ao início. Vamos acender o fogo e tomar uma cidra.

Rose insistiu que não queria cidra, só desejava conhecer o segredo.

— Para que essa pressa? — perguntou Joseph, pondo a cidra para ferver. Se alguém tivesse que se apressar, esse alguém seria ele, pois se aproximava a data em que deveria desocupar a propriedade. E não se fala mais na promessa dos Mulch de mantê-los na fazenda.

Após encher todas as canecas, Joseph começou a explicar às vizinhas como descobriram a caixa dos segredos e o caderno de Malaquias, e o que significavam os dois primeiros segredos. Quando percebeu que já estavam suficientemente bem-informadas, sem confundi-las com explicações desnecessárias, e após responder à maior parte das perguntas de Rose, Joseph abriu o velho caderno e começou a ler...

> Se você aplicou os dois primeiros segredos, a esta altura já deve ter notado como aumentou a sua fé, assim como as provas à sua fé. Dê as boas-vindas a ambas, pois são sinais de progresso.
>
> Este é o significado do terceiro segredo, meu filho: a partir do instante em que você introduzir sua oração na caixa, tudo que acontecer será uma parte da resposta a essa oração.

Joseph fez uma pausa e ergueu os olhos, observando as crianças de boca aberta, de tão ansiosas. Quando seu olhar encontrou o de Grace, viu um tom rosado ruborizar-lhe as faces, e ela pediu:

— Por favor, não pare.

Sim, as palavras eram de Malaquias, mas era Joseph quem lhes dava vida. E orgulhava-se de ler aquele tesouro.

> Não cometa o erro da humanidade, quando abre os braços somente ao crescimento e à boa fortuna, rejeitando tudo o mais. Desse modo, inclina-se como uma carroça, com as rodas apenas de um lado.
>
> — Devemos aprender com a natureza, em que os opostos caminham de mãos dadas — disse vovó Mary. — Veja a facilidade com que a natureza passa do dia para a noite, de estação para estação, deixando cada qual quando chega a hora.
>
> A humanidade não é assim. Preferimos o ganho à perda, a luz à escuridão. E, como recusamos a metade, não mais somos capazes de receber a totalidade da nossa oração atendida.
>
> Meu filho, esteja sempre pronto para perder e para deixar, talvez como parte da resposta à sua oração. Pode ser que, a princípio, você não veja como o fracasso conduz ao florescimento, ou o quanto a perda fertiliza o solo para o grão, mas confie em que assim será.
>
> O terceiro segredo é a maior prova à nossa fé, e é precisamente nesse ponto em que muitos homens falham. É por isso que, nos poucos e preciosos encontros a sós que

tivemos por acaso, vovó Mary sussurrava-me isto — parte oração, parte conselho —, para que eu não esquecesse: "Seja como um oceano, que não recusa rio algum."

— Por uma vasilha aberta — explicou ela —, as orações fluem livremente, e o céu encontra um ponto de entrada e um ponto de saída mediante os quais revelar-se na Terra.

Então, meu filho, segue-se:

O terceiro mistério da caixa dos segredos: A ORAÇÃO É RESPONDIDA QUANDO A TUDO SE DÁ AS BOAS-VINDAS.

A caixa dos segredos transformou uma coisa comum em algo extraordinário, como se aquela simples cozinha se transformasse em uma capela. Um silêncio de meio de tarde envolveu a pequena reunião à volta da mesa.

— Vovó Mary está dizendo que vão acontecer coisas ruins, papai? — perguntou Daniel, nervoso.

— A vovó está dizendo que a mudança é uma coisa natural, e não algo ruim. — Joseph usou as palavras certas, mas ele mesmo não estava nem um pouco convencido.

— Seu pai está certo. Tudo muda, querido — acrescentou Grace, lançando um olhar furtivo a Joseph. E continuou: — O segredo é não ficar agarrado à maneira como as coisas eram no passado.

— Mas a mudança é ruim — exclamou Mary. — A morte de mamãe, a visita ruim do banqueiro, ter que sair da fazenda. — Grace não podia estar dizendo que essas mudanças eram boas.

— Algumas mudanças são difíceis, meu bem, muito difíceis — disse ela, passando o braço pelos ombros de Mary. — O mais difícil é quando perdemos uma pessoa que amamos.

Cada um deles, a seu modo, havia sofrido uma perda. Com o silêncio, podia-se ouvir, na sala da frente, o crepitar dos gravetos no aquecedor de ferro fundido.

Fitando os olhos desanimados de Joseph, Grace disse:

— Acho que a vida sempre muda, para nós também podermos mudar e nos tornarmos a pessoa que Deus quer que sejamos. — Então, pegou o caderno das mãos de Joseph e releu em voz alta a frase que ela julgou ser a mais importante...

> Pode ser que, a princípio, você não veja o quanto a perda fertiliza o solo para o grão... mas confie em que assim será.

Num murmúrio, Rose perguntou a Joseph:

— Posso pôr uma oração dentro da caixa?

Daniel, Mary e Grace voltaram-se para Joseph.

— Claro que pode, Rose, e você também, Grace. — Como é que algo tão importante quanto a caixa dos segredos não seria compartilhado?

Com isso, Mary saiu correndo para buscar o papel, a pena e a tinta do pai.

— Estou com uma prece no coração desde sexta-feira, mamãe — confessou ela. — Você escreve para mim?

— Tenho que avisar você, Rose — advertiu Daniel —, de que a caixa dos segredos funciona, mas tem que ficar trancada para funcionar completamente.

— Se a gente põe a oração e depois tranca a caixa — questionou Rose —, como é que a gente tira as orações?

— Não tira — disse Mary, dramaticamente. — A gente nunca tira, para o resto da vida.

— Nunca? — perguntou Rose.

— Nunca, nunca — ecoou Mary.

Grace perguntou a Daniel por que não tinham um fecho.

— Bem, não é um fecho simples que estamos buscando — disse Joseph, com o mesmo sorriso das crianças. — Precisamos de um tipo especial de fecho.

— A gaveta da minha cozinha está cheia de fechos. Eu ficaria feliz em dar a vocês uma meia dúzia deles, se quiserem. Mas como teria que ser esse fecho especial?

— Você tem algum que seja de ouro puro? — perguntou Joseph, com uma risada.

Lentamente, Grace foi abrindo um sorriso radiante. Ficava tão linda quando sorria assim, entregando-se.

— Pode ser que eu tenha — disse ela, como se guardasse alguns segredos. Abriu os primeiros botões de pérola de sua gola de renda, afastando-a para trás, e revelou-lhes uma delicada corrente de ouro cujo fecho, após ser aberto, permitiu-lhe tirar, sem cerimônia, dois pingentes. Puxou a mão de Joseph em sua direção e deixou cair os dois pingentes na palma de sua mão. Ternamente, fechou-lhe os dedos, pondo sua mão sobre a dele.

— Pertenceram a minha mãe. Ela dizia que simbolizavam os corações dela e de meu pai enlaçados por toda a eternidade. Agora me diga: era isso o que faltava à sua caixa dos segredos?

Joseph abriu os dedos. Na palma de sua mão estava um pequenino e perfeito cadeado com uma chave em miniatura a seu lado. Eram feitos de ouro puro.

Ao observar a reação de Joseph ao fecho, Grace sentiu o coração radiante. Deixou a mão mais um momento sobre a dele, depois a afastou e, com um entusiasmo forçado, mudando de assunto e de clima, disse:

— Agora que temos o fecho, Rosie, você quer dizer sua oração aqui no meu ouvido?

23

Três dias depois

QUANDO MARY ERA BEBÊ, só a presença de seu pai a consolava na hora de dormir. O ritual noturno era Joseph ler-lhe duas histórias, as mesmas duas histórias. Depois de trinta noites, ele já sabia recitar as duas de cor.

Foi o que se passou com o terceiro segredo. Segunda, terça e quarta-feira Joseph repetiu-o enquanto empacotavam seus pertences no celeiro.

> A oração é respondida quando a tudo se dá as boas-vindas.

Joseph e seus filhos uniram forças para esvaziar a casa. Posses que antes eram adoradas agora não passavam de coisas para ele.

Repetidamente, o destino fazia uma varredura em sua vida, sem pedir desculpas. Porém, como um gato com sete vidas, Joseph a cada vez retornava à vida. O que mais poderia fazer?

Confie em que a perda fertiliza o solo para o grão.

Será que os Mulch o usaram para limpar sua consciência? Será que pretendiam ser cruéis? Restando-lhe tão pouco tempo antes de ser forçado a sair de sua fazenda, os Mulch não importavam mais. Importava apenas a inegável realidade de que Joseph não tinha mais como sustentar seus dois filhos.

A tudo dê as boas-vindas.

No fim da tarde, Joseph estava escrevendo uma carta, sentado à mesa da cozinha, pedindo um favor que não tinha coragem de pedir cara a cara.

"Na primavera", escreveu Joseph em sua melhor caligrafia, "certamente terei encontrado uma situação que me permita buscar meus filhos. Sei que é enorme este favor que lhe peço: tomar sob sua custódia meus filhos Daniel e Mary. Mas é por eles que lhe peço, não por mim. Seu eterno devedor, Joseph Hutchinson."

Ele sabia que era pedir demais de Grace, mas a quem mais poderia recorrer?

Embora parecesse irreal o fato de dois estados mentais opostos, pudessem coexistir, Joseph escreveu esta carta pungente a Grace ao mesmo tempo que mantinha um otimismo claramente infundado. De algum modo, a caixa dos segredos inspirara em Joseph a fé no surgimento de algo inesperado e até maravilhoso. Eis o misterioso poder da fé: crer em coisas ainda não vistas.

A refeição daquela noite foi notável por seu clima jovial. Seguindo a idéia das crianças, sentaram-se no esqueleto do que um dia fora a sala da frente, em torno de um grupo de seis caixotes fazendo as vezes de mesa de jantar e de mais três no lugar de cadeiras.

— Por que não podemos comer sobre caixotes no aposento errado — disse Joseph com uma risada —, quando estamos para embarcar, em breve, em uma aventura ainda maior?

Era mais que eloqüente o fato de ele chamar de *aventura* o que aparentava ser uma *tragédia*.

Durante a refeição, discutiam a possibilidade de colocar uma segunda oração na caixa dos segredos, quando ouviram um cavalo e uma carruagem aproximarem-se da casa. Às seis horas da tarde, sem se anunciar, ninguém fazia visitas, a menos que fosse má notícia. Os Hutchinson se prepararam. Foram os três juntos até a porta, de mãos dadas.

Eram os Mulch.

Mais uma vez Joseph experimentou sentimentos contraditórios. Como chefe da família, sentiu-se responsável por ser bem-educado e convidou-os a entrar. Não se desculpou, porém, por oferecer caixotes para que as visitas se sentassem. Charlie e Daisy já o tinham enganado uma vez, oferecendo-lhe uma miragem disfarçada de oásis; um homem de menos caráter poderia se vingar, mas a Joseph bastaria não deixar acontecer novamente.

Esperou seus indesejados visitantes tomarem seus lugares, notando a seguir seus olhares baixos e a aparência de Charlie, como se houvesse dormido com aquela roupa. Pareciam desolados. Agora Joseph sentia pena, e não raiva.

— O senhor deve pensar que somos pessoas más, sr. Hutchinson — começou Daisy —, e nem posso imaginar o que o senhor sentiu na manhã de segunda-feira, quando nossa carruagem não veio buscá-lo, conforme combinamos. — E, sem esperar resposta, continuou: — Viemos esta noite não só para nos desculparmos mas também para explicar-lhe. Quando o senhor compreender as circunstâncias que nos detiveram, o senhor se dará conta de que não será necessária qualquer desculpa.

"Ao atravessarmos a cidade a caminho de sua fazenda naquela manhã", continuou ela, "nosso cocheiro acidentalmente atropelou uma menina de 9 anos de idade. Ela ficou gravemente ferida, e a levamos para nossa casa; desde então, estivemos junto a sua cabeceira. Passo os dias com ela, e Charlie passa as noites." As lágrimas de Daisy derramavam-se por suas faces. "O médico disse que, neste momento, as orações são mais eficazes do que os remédios.

Mas, para lhe ser sincera, parece-me só uma forma de dizer que sua opinião é de que ela não vai se recuperar."

> Tudo o que acontece é uma parte da resposta à sua oração.

— Hoje é o primeiro dia em que tivemos a oportunidade de sair de casa, para lhe dar notícias sobre o que aconteceu.

Compadecido, Joseph perguntou:

— Qual é o nome dela?

— Sarah — murmurou Charlie. Era sua primeira palavra, desde que entrara na casa.

Mary tomou a mão de Daisy e apertou-a, para consolá-la.

— Podemos visitá-la, sra. Mulch?

— Tenho certeza de que Sarah gostaria muito — respondeu Daisy, esforçando-se para dar um débil sorriso.

— Gostaria, sim — assentiu Charlie. — Seus pais ficaram doentes e morreram alguns anos atrás. A tia que toma conta dela tem tão pouco dinheiro que mal dá para a comida, sem falar em médico; então, Daisy insistiu em trazê-la para nossa casa e cuidar dela.

— O senhor está zangado com o cocheiro? — perguntou Daniel.

— Jonah está sentindo ainda mais que nós, mesmo não sendo culpado. Quando ocorreu o acidente, Sarah estava correndo atrás de um cachorrinho filhote que lhe escapou das mãos — explicou Daisy —, e ela entrou na frente da carruagem.

Comparados aos problemas de Jonah, os de Daniel pareciam pequenos.

— Foi um acidente, mas poderia tê-la matado — acrescentou Daisy. — E saber que fomos responsáveis é, para mim, quase uma morte.

— O senhor não tem idéia do quanto minha esposa adora crianças. Toda criança que ela conhece, logo trata como se fosse sua. — Charlie sentiu necessidade de acrescentar mais detalhes.

— O médico mandou-nos sair de casa para não adoecermos de preocupação — continuou Daisy.

Como um refrão infantil, as primeiras palavras do caderno passavam pela mente de Joseph: *Traga suas orações à caixa dos segredos, meu filho, e tudo o que você pedir será atendido, um pedido após o outro.*

— Claro, temos a intenção de manter nossa promessa — disse Charlie —, e de pagar-lhe esta semana de trabalho.

Mas Joseph não ouvira sequer uma palavra dessa última frase, pois retirou-se para a cozinha e retornou com a caixa dos segredos nas mãos.

— Ah... a caixa — observou Charlie, meio hesitante.

Joseph teve a impressão de que a caixa dos segredos tinha uma finalidade maior do que servir apenas aos Hutchinson, e que não deveria ser mantida oculta.

— Esta caixa tem algo especial. É uma peça maravilhosa! — Charlie estendeu a mão para tocá-la levemente.

Como uma pedra jogada em um lago tranqüilo faz com que se formem círculos cada vez maiores, quem poderia dizer quantas famílias a caixa dos segredos destinava-se a ajudar? Sem preâmbulos, Joseph contou-lhes, desde o início, a história da caixa e do caderno que continha os escritos secretos de Malaquias.

Quando terminou, Charlie disse:

— É, isso é muito interessante. Devo dizer que não sei bem ao certo que conclusão devo tirar de tudo isso, sr. Hutchinson.

Daisy, no entanto, tinha um único pensamento: se Joseph lhe permitiria usá-la para uma prece pessoal.

— Quantos anos tem Sarah? — perguntou Mary a Daisy. — De onde ela é? Ela tem amigos? E onde está o cachorrinho dela agora?

Daisy sabia como era um coração de criança. Respondeu primeiro à pergunta mais importante.

— O nome do cachorrinho dela é Otis, e ele está sentado na cama ao lado dela, dando-lhe carinho, lambendo-lhe o rosto, chorando para que ela melhore logo. Ah, ele gosta tanto dela que não sai de perto nem para comer. Temos que colocar o pratinho de comida dele em cima da colcha da cama.

Mary disse que gostaria muito de conhecê-lo. Joseph não permitia animais dentro de casa, mas se ela ao menos conseguisse levá-lo para conhecer Otis.

Discretamente, Daniel saiu da sala e voltou com um presente para o casal Mulch.

— Pronto — disse ele, entregando uma folha de papel a cada um, a pena e o tinteiro —, escrevam sua prece. O papai vai deixar que vocês a ponham na caixa dos segredos.

Durante toda a semana, uma única prece habitava o coração de Charlie: curar Sarah. Antes do acidente, a prece deles era a mesma havia uma década — um filho, um filho para os dois. Agora, porém, todos os seus pensamentos estavam voltados para Sarah.

Os Hutchinson ficaram em silêncio enquanto os Mulch escreviam. Mary disse-lhes que podiam beijar a oração antes de colocarem na caixa; Daniel, no entanto, disse que tal gesto não faria a oração ser atendida mais rapidamente. Quaisquer incertezas que Charlie pudesse ter em relação à caixa dos segredos, não tinha dúvidas porém quanto à sua prece. Então, com algumas orientações de Daisy, pegou a pena para escrever.

Com suas próprias palavras, Joseph repetiu-lhes os três segredos da melhor forma que pôde, para ajudá-los a compreender de que maneira a caixa funcionaria em favor deles. Explicou que as respostas às preces vêm pela pessoa, e não para ela. Joseph esperou que fosse tudo bem assimilado, pois, embora parecesse bastante simples, ocorria exatamente o contrário do que todos esperavam com as orações. Explicou, então, que a prece é atendida quando a pessoa está atenta ao que Deus lhe diz, e não quando está falando. Joseph esperava que os Mulch não considerassem isso um insulto — as pessoas podem ser terrivelmente possessivas em relação àquilo em que acreditam. — O mais difícil é o terceiro segredo, porque a resposta à sua prece terá uma aparência muito diferente daquela que você imaginou. Mesmo assim, você vai ter que dar as boas-vindas ao que lhe acontecer, porque tudo o que vier é parte integrante da resposta do céu. — Sem a sabedoria espiritual de vovó Mary ou suas frases precisas, mas com sua elegância despojada, Joseph transmitiu-lhes os profundos mistérios da caixa dos segredos.

Charlie ficou com o papel na mão por um minuto inteiro, esperando nele infundir todo o desejo de seu coração antes de soltá-lo. Daisy fez como Mary lhe havia sugerido, e beijou sua oração antes de introduzi-la na caixa de madeira.

Então, como se tivesse rejuvenescido após aquela experiência, Daisy inspirou longamente, abriu a bolsa e pôs seis notas de dinheiro sobre a mesa, diante de Joseph.

O pagamento de sua primeira semana. Adiantado e em dinheiro.

24

Era como se Joseph, depois de estar perdido no deserto, acabasse de receber a oferta de um primeiro gole de água; não poderia sentir maior gratidão. Era mais dinheiro do que já vira em muito, muito tempo.

Charlie, o homem de negócios, fez uma oferta a Joseph:

— Digamos que a partir de hoje nós temos um acordo por um ano, e você fará todo o trabalho de carpintaria que for necessário.

Joseph apertou a mão de Charlie com entusiasmo. Era mais que um acordo, mais que uma promessa — era uma salvação vinda do céu. Para Joseph e sua família, era uma pequena fortuna.

Como se subitamente envergonhado por passar tanto tempo longe de Sarah, Charlie levantou-se e disse a Daisy:

— Precisamos voltar.

— Esperem — disse Mary, subindo correndo as escadas para o seu quarto. — Não vão embora ainda.

Podiam-se ouvir seus resmungos de frustração enquanto remexia seus dois caixotes abarrotados. Quando achou o que procurava, ela desceu correndo as escadas e entregou a Daisy um lindo cavalinho de brinquedo esculpido em madeira cor de mel.

— Eu a chamo de Winnie — disse, toda orgulhosa. — É a minha preferida.

— Acredite se quiser, Mary, esta semana procurei pela casa inteira um brinquedo para dar a Sarah, mas não encontrei nenhum — confidenciou-lhe Daisy. Anos atrás, ela e Charlie haviam preparado um quarto especialmente para o dia em que tivessem uma menininha, mas na época considerava-se má sorte comprar brinquedos antes da chegada da criança. — Muitíssimo obrigada, querida Mary, e não se preocupe, vamos cuidar muito bem dele — disse Daisy, segurando o brinquedo junto ao peito, como se fosse uma criança.

— É bom cuidar — disse gentilmente Daniel —, porque foi meu papai quem fez. — Com isso, saiu rapidamente da sala e subiu as escadas. Sem demora, voltou com muitos brinquedos de madeira. Largou-os todos no chão, diante do sr. Mulch, abrindo um sorriso largo como o mundo.

— Oh, não — foi só o que Charlie conseguiu dizer. Ajoelhou-se no chão e investigou cada um deles minuciosamente, maravilhando-se mais uma vez com a habilidade de Joseph — um cavalo, uma vaca, um porco, um celeiro em miniatura e uma carroça com rodinhas que giravam.

O brinquedo preferido de Daniel não estava entre eles. O soldado que dançava era-lhe precioso demais. Ficou admirado com a generosidade de Mary. Era um lado dela que ele desconhecia.

— Joseph, você poderia fazer brinquedos como estes para a minha pequena Sarah? — perguntou Charlie.

— Papai não precisa fazer outros — explicou Daniel. — Ela pode ficar com estes.

Ao que Mary acrescentou:

— Ela precisa de todo carinho que puder receber.

25

Mais tarde naquela noite

Toda noite Charlie sentava-se junto à cabeceira de Sarah enquanto ela alternava entre o sono e a vigília, e não conseguia deixar de lado a preocupação com a extrema pobreza da vida daquela criança. Não era só de brinquedos que Sarah precisava, mas também de comida, roupas e moradia adequada; as necessidades básicas da vida não lhe eram supridas. Em conversas com dona Alva, tia que detinha a guarda da menina, percebeu a mulher de coragem que ela era. Aceitara cuidar da sobrinha quando ela própria tinha tão pouco — ganhava quase nada com a faxina das lojas da cidade após o horário de fechamento.

Charlie ia e vinha, pensando em um meio de aliviar o sofrimento das duas. Será que o acidente acontecera para trazer Sarah e sua tia para a sua vida? Convidou a tia de Sarah para uma conversa franca em seu escritório. Como não era homem de rodeios, foi direto ao assunto:

— Dona Alva, o que a senhora acha de Daisy e eu adotarmos Sarah?

A oferta deixou-a sem fala. Alva daria tudo que pudesse à filha de sua irmã — mas, chegado o inverno, o dinheiro mal dava para ela própria. Na maior parte das noites, uns pedaços de pão e uma batata era o que tinham para o jantar; inventavam-se sopas de praticamente nada. Alva sabia que não era a guardiã adequada, mas Sarah pelo menos *tinha* uma guardiã. Afinal, quantas crianças órfãs ela via morando nas ruas, sem ninguém para tomar conta delas. Fez a si mesma a promessa de que, enquanto tivesse ao menos um centavo para dividir, esse jamais seria o destino de sua sobrinha.

— É claro que a senhora vai precisar de tempo para pensar — disse Charlie delicadamente, ocultando a pressa de selar o acordo naquele mesmo instante.

Não havia uma só noite, varrendo chão e limpando lojas, em que Alva não se sentisse consumida pela angústia de imaginar por quanto tempo ainda conseguiria cuidar de Sarah. Envergonhada por revelar sua ansiedade em aceitar a oferta, tia Alva respondeu calmamente:

— Preciso considerar o que for melhor para Sarah.

Charlie interpretou erroneamente a hesitação de Alva como resistência, o que na mesma hora fez surgir o homem de negócios.

— Depois de adotarmos Sarah legalmente, quero que a senhora se sinta à vontade para visitá-la sempre que desejar. E, se quiser fazê-lo em feriados, poderá ficar o tempo que quiser no quarto de hóspedes que construiremos em breve.

Alva, comovida até as lágrimas diante de uma proposta tão generosa, não conseguia falar.

Charlie sentiu que o desejo dele de separá-la de sua sobrinha a estava perturbando. Então, adoçou ainda mais sua oferta.

— Eu poderia também lhe dizer que Daisy e eu planejamos dar à senhora uma bela soma anual, para ajudá-la com suas despesas.

Para falar a verdade, os centavos que restavam na bolsa de Alva cabiam na palma de uma mão. Via-se, assim, como ela e Sarah estavam prestes a tornarem-se sem-teto.

Seu silêncio atormentava Charlie. Como ele não sabia o que mais oferecer àquela mulher, reforçou sua posição:

— De um ponto não vou abrir mão. Sarah usará meu nome. Será criada como minha filha. Irá chamar-me de pai e a Daisy de mãe.

Como é que Alva poderia falar, se dizer uma só palavra já abriria as comportas de uma irrefreável torrente de lágrimas? Lágrimas de gratidão. De cansaço. De alívio.

O homem de negócios não estava levando Charlie a lugar algum, de modo que ele decidiu se comportar de outra maneira. Baixou a guarda e falou-lhe sobre como se sentia.

— Isso teria um significado enorme para nós, dona Alva — disse ele mansamente. — Não esperamos ocupar o lugar dos pais de

Sarah, mas a senhora pode ficar descansada: daremos a ela uma vida cheia de amor; tudo em abundância, de modo que nada faltará a ela *nem à senhora.*

Ela tinha que dizer alguma coisa.

— Sr. Mulch...

— Para ser sincero — interrompeu ele, sentindo-se, naquele momento, despreparado para enfrentar as objeções dela —, seria uma bênção para minha esposa, Daisy, e uma bênção para mim também. Mais do que a senhora imagina.

— Sr. Mulch, o senhor não faz idéia...

— Não se sinta pressionada a tomar uma decisão aqui e agora. Pense nisso esta noite. Se precisar, pense durante a semana.

— Sr. Mulch — declarou ela, indo em direção a ele, colocando-lhe o indicador levemente sobre os lábios. — Shh... Estou tentando dizer ao senhor que aceito sua proposta. Como o senhor pode ver, a única coisa que tenho a oferecer a Sarah é o parentesco que nos une.

Alva sabia que aquele homem não era bobo. Ele vira seus sapatos gastos e as roupas surradas de Sarah. A maioria dos homens na situação dele logo teria tirado alguma vantagem, mas o sr. Mulch tratara-a com respeito desde o início. Assim como Daisy, Alva enxergava a bondade daquele homem por trás da pose e do tom de voz.

— Sarah Mulch. — Charlie pronunciou aquelas palavras como se fossem o primeiro verso de um poema.

— Sarah Mulch — disse Alva, sabendo como o sr. Mulch ficaria contente em ouvi-la dizer aquilo. — Tem um som musical, não tem?

Ele repetiu várias vezes, mas desta vez cantarolando:

— Sarah Mulch, Sarah Mulch, Sarah Mulch.

Por várias vezes, cantaram juntos o nome dela, como se fosse a letra de uma canção, variando a melodia até não conseguirem mais prender o riso.

Nesse momento, Daisy adentrou a sala em meio à cena alegre e íntima, e por um breve segundo ficou vermelha de ciúme.

Quando Charlie terminou de explicar-lhe os últimos acontecimentos, ela já estava em lágrimas, abraçando tia Alva e beijando-lhe as mãos, como se ela fosse um anjo descido à Terra.

Restava, porém, o problema do estado de Sarah, que não melhorara. Na verdade, suas condições haviam piorado desde segunda-feira, quando seu corpinho fora atingido.

Os planos para seu bem-estar foram postos em movimento, mas tudo dependia de sua melhora.

De acordo com o médico, porém, isso não aconteceria.

26

A manhã seguinte

Charlie e Daisy voltaram à casa dos Hutchinson na manhã seguinte, e em poucos minutos todos falavam ao mesmo tempo. Daniel e Mary perguntavam a Daisy quando poderiam conhecer Sarah. Mary perguntava a ela se Sarah tinha gostado do cavalinho de brinquedo. Joseph perguntava a Daisy se Sarah tinha gostado dos brinquedos que ele fizera para Daniel. Daisy perguntava a Joseph se ela poderia esperar a visita de Mary e de Daniel no domingo.

— Digam-me que tipo de brinquedo vocês querem que eu faça para Sarah — insistiu Joseph, pois esse era, na verdade, o ponto mais urgente de todos.

Essa foi a deixa para Daniel e Mary saírem da sala enquanto o pai falava de trabalho. Mas não demorou muito para os dois ficarem cansados de escutar a conversa do canto da parede da cozinha, e voltaram para a sala da frente. Afinal de contas, estavam falando sobre brinquedos, e haveria alguém mais especializado no assunto do que eles?

— Do que uma menina como Sarah gostaria? — perguntou Charlie a Joseph.

Mary deu uma risada, porque dois homens adultos tentavam entender uma coisa que só uma menina poderia saber.

— Bebês — exclamou Mary diante da bobagem dos dois. — Todas as meninas adoram bebês de brinquedo. Uma bonequinha que elas possam cuidar e dar carinho.

— É claro, Mary tem razão — concordou Daisy, convidando Mary a sentar-se em seu colo —, e com as bonequinhas viriam os brinquedos para acompanhá-la, como um carrinho de bebê...

— ...e uma carruagem com cavalos, e uma casa de bonecas para elas morarem, com quartinhos onde elas possam dormir e comer — anunciou Mary, como se apresentasse sua própria lista de desejos.

Daniel voltou para a cozinha. Qualquer coisa era melhor do que aquilo.

— ...e pratinhos para a comidinha delas, e um fogãozinho, e caminhas iguais às de uma casa de verdade, só que menores. — Daisy tentava acompanhar a imaginação de Mary, mas não conseguia. Tirou um bloco da bolsa e fez Mary repetir suas idéias, uma a uma. Após terminar a lista, entregou-a a Joseph.

— É isto que quero que você faça para Sarah.

Então, Charlie chamou Daniel e perguntou-lhe o tipo de brinquedo de que ele gostava.

— Sarah é menina. Ela não vai gostar de brinquedos de menino.

— Nunca se sabe, Daniel. Algumas meninas gostam de brincar com brinquedos que supostamente são mais para meninos do que para meninas. Não a conheço assim tão bem. De qualquer modo, que tal me dizer do que você gosta?

— Gosto de atiradeiras e de espingardas de brinquedo, como a que meu pai tem para caça. Gosto de blocos para construção, também; muitos blocos, para eu poder construir casas e pontes e até uma cidade inteira, se eu quiser.

Daisy anotou a lista de brinquedos de Daniel em outra folha de papel, e também a entregou para Joseph.

As duas listas deram uma idéia a Charlie. Uma grande idéia. Afinal, Charlie Mulch não chegara a presidente do banco porque pensava pequeno. Por ora, porém, guardou silêncio sobre o assunto, até tê-lo todo esquematizado na mente.

Deixou as seguintes instruções com Joseph:

— Comece com uma boneca, um carrinho de bebê, uma espingarda e um conjunto de blocos para construir uma cidade. Isso já vai manter Sarah ocupada. — Ao falar-lhe o nome, sentiu uma fisgada de culpa no coração pelo fato de não estar com ela. — Vamos, Daisy.

— Podemos mandar uma carruagem para buscá-los no domingo de manhã, Joseph?

— Claro que sim — Mary respondeu por ele, aliviada por faltarem apenas dois dias. — Mal posso esperar para conhecer Otis... e Sarah.

No momento em que os Mulch saíram e a porta se fechou, Daniel anunciou a todos que deveriam escrever uma nova prece imediatamente.

— Mais uma, filho? Por quê?

— Minha primeira oração foi atendida ontem à noite, papai, e a de Mary também.

Sem dizer aos filhos qual tinha sido a sua oração, Joseph concordou que, na verdade, a sua prece também fora atendida.

— Mas por que temos que escrever outra? — perguntou.

— Por que não? — disse Daniel.

— É — apoiou Mary —, atender preces é um bom exercício para a caixa dos segredos.

— Papai, você não tem mais nenhum pedido? — perguntou Daniel, fingindo inocência.

— Ninguém fica sem pedidos quando sabe que podem se realizar... — disse Mary no lugar do pai.

Então ficou decidido. Sentaram-se todos à mesa da cozinha, segurando cada qual uma pena sobre um pedacinho de papel.

Todos os brinquedos listados por Mary e Daniel aos Mulch estavam entre os que Joseph lhes fizera quando eram bem pequenos.

No entanto, Joseph não fazia mais brinquedos para eles há muito tempo. Miriam explicou que o pai trabalhava tanto, que não tinha mais tempo para isso. Mas, agora, a possibilidade de ganhar novos brinquedos seria algo tão especial que ficavam tontos só de pensar.

Os dedos de Daniel coçavam para escrever esta única palavra: brinquedos.

A prece de Mary continha duas palavras que exprimiam a mesma coisa: muitos brinquedos.

Joseph não conseguia escrever. Que mais havia a querer além do bem-estar de seus filhos? Sinceramente não sabia.

— Preciso antes consultar meu travesseiro — confessou.

— Você não tem nem uma coisinha só que queira pedir, papai?

— Não é assim tão fácil, Mary. Está lembrada do que disse Malaquias? O que você pedir em oração tem que vir *através de* você, antes que possa vir *para* você.

Mary concordou, mesmo não tendo idéia de como os brinquedos poderiam vir através dela. Mas concordaria com qualquer coisa, desde que pudesse pôr mais uma oração dentro daquela linda caixa.

27

O dia seguinte

Joseph acordou cedo. Embrulhou-se em mais algumas camadas de roupa e sem fazer barulho saiu da casa para aventurar-se na temperatura abaixo de dez graus do celeiro. Não tinha importância. Valeria pela expressão no rosto de Grace, quando visse o que fizera para ela.

Lá pelo meio da tarde retornou a casa.

— Vamos fazer uma visita às Brown — anunciou às crianças, segurando um saco de aniagem amarrado com um pedaço de corda velha. — Vocês vão ter que se aprontar em vinte minutos para sairmos.

Os dois imploraram para que ele revelasse o conteúdo do saco, mas é claro que ele não o fez.

— Vocês sabem muito bem que nenhum dos dois consegue guardar segredos. Vão descobrir ao mesmo tempo que a sra. Brown. Já para cima, rápido, e vistam suas boas roupas.

As boas roupas tiveram que ser desenterradas dentre os variados objetos nos poucos caixotes, que só naquela manhã começaram a ser abertos. Cada peça de roupa que Daniel e Mary encontraram estava tão amarrotada que mal se reconhecia. Quando se apresentaram a Joseph, só o que ele pôde dizer foi:

— Bem, ao menos estão limpos.

Foram caminhando até a fazenda de Grace, gritando os nomes das árvores pelas quais passavam — um jogo que Joseph inventara para que as crianças não prestassem atenção no frio. Contaram quarenta e seis árvores. Antes que houvesse as fazendas, ou os colonos que deram origem às fazendas, havia florestas; o que hoje eram quarenta e seis árvores poderia ter sido, um dia, dez vezes mais.

Em pouco tempo, estavam batendo à porta de Grace, e ela os convidava a entrar. Joseph intrigava-se com o fato de ela ter sempre uma chama recente a crepitar no fogão e um pão fresco assando no forno quando eles chegavam.

Rose dançava pela sala com Daniel e Mary, entusiasmada pela maravilhosa surpresa daquela visita. Grace também sentia-se assim, mas, em vez de dançar, pôs água para ferver e providenciou manteiga recém-batida e bolinhos de milho.

Quando afinal todos se sentaram à mesa, Joseph puxou o misterioso saco de debaixo da sua cadeira e o entregou a Grace.

— O que é isto, Joe? — perguntou ela, tomando dele o saco de aniagem. — Pastinacas? Batatas? Sapatos velhos?

— Espere que você vai ver — provocou ele.

— Não fique aborrecida, sra. Brown — disse Mary, compreensiva. — Papai sempre diz isso.

Rose esticou-se para pegar o grande saco, implorando em tom choroso:

— Por favor. — Para evitar uma cena com a filha, uma ruiva voluntariosa, Grace entregou-o a ela. Com esforço, Rose levou o saco ao chão e, puxando o complicado nó, tentou abri-lo.

— Sabe, Rose, fui eu que dei o nó, e então eu sei abri-lo.

— Não, não e não. — Ela recusou todas as ofertas de ajuda de Joseph e dos outros. Aceitar auxílio seria o mesmo que admitir derrota. Rose continuou a pelejar em silêncio.

Àquela altura, Daniel já teria rasgado o saco com as próprias mãos, e Mary teria pegado uma faca para cortá-lo. Mas, como eram visitas, deixaram-na fazer do jeito dela, ainda que levasse a noite inteira e estivessem morrendo de curiosidade.

Felizmente, o castigado saco foi aberto, e de seu interior saiu uma caixa dos segredos parecida com a dos Hutchinson. Joseph tomou-a das mãos vacilantes de Rose e a entregou a Grace.

— Para você e Rosie, para que todas as suas preces sejam atendidas.

Era do tamanho exato da caixa de Malaquias e tinha os mesmos veios marrom-escuros da madeira original. Joseph conseguira quatro dobradiças de um velho armário já não mais em uso, poliu-as e deu-lhes nova função na caixa de Grace. Não havia fecho na peça; afinal, Grace sabia melhor que ninguém que o fecho de ouro, no momento, estava além das posses de Joseph. O interior era de madeira nua, o que deixava a Grace a opção de forrá-la com seda ou linho, se desejasse. O forro da caixa original de Malaquias estava tão comido de traças que Joseph não conseguia imaginar que material um dia fora aquele.

Grace apertou seu lindo presente junto ao peito. Buscava palavras para expressar quão generoso, quão precioso o considerava. Mas só o que saiu foi:

— Obrigada, Joe.

— Mas você tem que prometer, Gracie, que não vai pedir o seu fecho de volta!

Tomada pela emoção, Grace retirou-se para a cozinha, onde poderia exprimir a totalidade de seus sentimentos, alimentando-os.

A caixa passou por cada uma das crianças, que a revirava entre as mãos até que a deixava cair na mesa ou no chão, sendo, então, forçadas a passá-la adiante, até voltar às mãos de Grace.

Comeram até o último biscoito, e não deixaram uma só fatia de pão doce, enquanto percorriam a lista dos mais recentes acontecimentos: as más notícias sobre Sarah, as duas visitas dos Mulch em uma semana e seus planos para se encontrarem com Sarah em pessoa no dia seguinte. E os brinquedos, é claro.

Brinquedos eram o assunto favorito de Rose, porque Grace entendia muito disso. Então, quando Joseph começou a descrever em detalhes os tipos de brinquedos que Charlie lhe pedira para criar, Grace interrompeu-o.

— Não perca essa idéia, Joe — disse ela, retirando-se apressada para a cozinha e retornando com papel e uma bela pena aparada.

— Pronto — disse ela —, diga-me o que o sr. Mulch pediu, e depois me diga como é que você imagina o brinquedo.

À medida que Joseph descrevia em detalhes os diferentes brinquedos que planejava criar, ela começou a desenhar suas próprias idéias.

Enquanto as bonecas de Joseph eram funcionais, as de Grace eram totalmente reais, praticamente vivas. Ele tinha o talento de criá-las em linhas gerais, mas não a imaginação de acrescentar as dezenas de detalhes importantes que lhes infundiam vida. Do jeito que Grace as desenhava, as bonecas pareciam-se mais com bebês do que com brinquedos de madeira. Tanto que Mary pediu para levar consigo o desenho e brincar com ele. Joseph explicou que iria fazer para ela uma boneca igual ao desenho de Grace, "se você quiser".

— *Se eu quiser?*— Mary ficou olhando para ele. Era impossível que aquele homem fosse seu pai. Seu pai verdadeiro saberia que ela iria querer aquela bonequinha mais do que tudo, não precisaria nem perguntar.

Grace piscou para Mary e sorriu, voltando-se então para Joseph:

— Isso não quer dizer que suas bonecas não sejam maravilhosas, Joe.

— Não precisa ficar me poupando, Grace. Eu sei o que sou capaz de fazer. O que eu não sabia até agora é o que *você* era capaz de fazer.

Trabalharam por quase duas horas sem intervalo. Joseph e as crianças estavam hipnotizados. Grace entregava desenho após desenho; a boneca com um carrinho de bebê, uma carruagem e uma casa de campo.

— Tome, leve e use; são seus — disse ela, oferecendo de presente a Joseph o pequeno maço de desenhos.

— Claro que vou lhe dar o crédito.

— Não preciso do crédito.

— Ah, eu tinha esquecido. Grace Brown não precisa de nada de ninguém — disse ele, com uma ponta de sarcasmo. — Ela pode seguir sozinha pela vida.

Era assim que ele a via? Percebia essa tendência em Rose, mas não nela própria.

Ele enfiou os papéis no bolso da camisa e anunciou sem rodeios que estava na hora de ir embora.

Casacos vestidos e crianças já na varanda, ele voltou-se e num murmúrio fez a ela uma pergunta pessoal que guardara a tarde inteira.

— Amanhã à noite, quando eu voltar dos Mulch, gostaria de passar aqui e levá-la para passear. Só nós dois. — Acabou não saindo em forma de pergunta, como ele pretendia.

Grace corou. Não queria magoá-lo. Escolheu as palavras com cuidado.

— Sinto muito, Joe, mas já tenho um compromisso para amanhã à noite — Foi só o que disse.

— Com quem? — disse Joe, com arrogância.

— Com... — ela hesitou. Na verdade, ele não tinha nada com isso. Tentou ler-lhe o rosto, que, ao contrário do coração dele, pouco revelava do que estava sentindo. Então, delicadamente, mas sem se desculpar, respondeu: — Com o doutor McKnight.

— O médico de Rose? Aquele que não conseguiu curar Rose? Aquele que não conseguiu salvar Miriam? — Seu temperamento aflorou. Fechou a porta da frente, esperando que as crianças não ouvissem.

Grace reagiu com seu próprio temperamento difícil. Respondeu em tom de desafio:

— É, o médico de Rose. — Desde quando tinha ela que lhe dar satisfações? — O médico dos Mulch, o médico da cidade. Ele mesmo, Joseph.

Ele não tinha direito algum; ela não lhe pertencia, mas ainda assim deixou escapar:

— Ele não presta, Grace.

— Ele é só um médico, Joe. Ele não é um deus. — Será que ele se referia ao fato de o médico não ter salvado a vida de Miriam ou a outra coisa?

Joseph já vira demais aquele médico quando Miriam estava doente; praticamente dia sim dia não, durante três semanas. Nem queria lembrar-se de como ele era jovem e bem-apessoado; ou de que ele fora criado e educado na cidade, o que lhe dava um charme e uma educação que não se comparavam aos de um menino da fazenda; ou de que ele vinha de uma família de posses e não seguira a medicina atrás de ganhos financeiros — como a maioria dos homens —, mas para ajudar as pessoas. O fato de esse médico ser um bom homem fez Joseph desejar feri-la com suas palavras:

— Ele é novo demais para você, Grace. O que é que você está pensando?

Uma mulher menos segura teria tomado como um insulto a menção aos sete anos de diferença entre os dois, mas Grace desviou o golpe.

— Então é melhor você preveni-lo do perigo de unir-se a uma mulher mais velha.

— Eu não vou deixar — disse Joseph em tom de comando, como se estivesse falando com a filha, e não com sua amiga.

— Você está se esquecendo de quem é, Joseph — disse ela, em tom cortante. — O que eu faço ou deixo de fazer não é assunto seu. — Ela não desejava magoá-lo, mas não estava certa de que da parte dele houvesse a mesma intenção. — Levo a minha vida do meu jeito e muito bem sem você, Joseph Hutchinson. — Ela nunca o vira assim.

Saltavam-lhe do peito sentimentos que ele não sabia identificar nem controlar. Sem saber por quê, ele disse:

— Não é certo sair com ele, Grace.

— Quem foi que disse que não é certo?

— Eu digo que não é certo. E acho que isso já devia bastar para você.

— Bastaria se eu fosse sua filha. — "Ou sua esposa", pensou ela, mas não disse. Seu rosto e seu pescoço ficaram vermelhos. — Você não pode me dizer o que fazer.

— Posso, sim. Sei que não sou seu pai nem mesmo seu irmão, mas — gaguejou —, mas eu sou seu... — Interrompeu-se neste ponto: o que ele era para ela?

— Meu o quê? — um sorriso malicioso formou-se nos cantos dos seus lábios. —Você é o quê, Joe? Você é meu amigo. É o que você é, porque é só o que você quer ser!

Ele estava furioso porque ela tinha razão. O que ela fazia não tinha nada a ver com ele. Expirou com força, como se tentasse liberar os vapores da raiva em erupção dentro de sua barriga. Então, virou as costas e saiu como um furacão pela porta da frente, batendo-a de propósito para deixar bem claro seu argumento — qualquer que fosse ele.

A irritação de Grace transformou-se em risos. Logo os risos tornaram-se sonoras gargalhadas que ela não conseguia interromper, até que Rose veio da cozinha, perguntando-lhe o que havia de tão engraçado.

— Os homens, querida — respondeu Grace. — Os homens são tão engraçados...

28

O dia seguinte

Sarah não era nada do que Daniel e Mary esperavam. No fim da manhã de domingo, quando eles entraram pé ante pé no quarto dela, ela lhes falou como se fossem amigos que há muito não se viam. Era comunicativa, afetuosa e interessada em tudo que eles achassem interessante. Por mais que tentassem, não conseguiam entender como é que Sarah estava sentada na cama, brincando com Winnie e contando histórias sobre a sua vida, quando dois dias atrás os Mulch disseram que ela talvez não se recuperasse.

Sarah ocupava o quarto cor-de-rosa que Daisy e Charlie haviam prepararado para o dia em que tivessem a sua menininha. Era digno de uma princesa. A peça principal era uma cama de dossel com quatro colunas e cortinados de *chiffon* creme. Sobre a cama descansava uma meia dúzia de enormes travesseiros. As amplas janelas davam para um colorido jardim de flores silvestres e um laguinho. A um canto do quarto, havia uma estante com livros de histórias infantis ao lado de uma mesinha com quatro cadeirinhas, com o encosto esculpido no formato de um animal. Claro, arejado e colorido, o quarto seria o sonho de qualquer menina.

Sentaram-se todos na luxuosa cama de Sarah, contando-se histórias durante a maior parte da tarde. Embora Mary tivesse gostado muito de Sarah, por Otis que ela se apaixonara. No primeiro momento em que pôs os olhos naquele filhote peludo, pegou-o no colo como se fosse um bebê, sem libertá-lo do seu abraço. Mary já tinha seu terceiro pedido, faltava apenas escrevê-lo.

Daniel, por sua vez, estava fascinado pela garota de cabelos negros. Sarah era exótica, de pele morena e lisa, olhos escuros e amendoados e um levíssimo sotaque estrangeiro. Era um ano mais velha que Daniel, mas muito mais séria. E judia.

Daniel jamais conhecera um judeu. Estava estourando de tantas perguntas.

Ser judia, explicou ela, queria dizer que sua família era tratada como forasteira até na Espanha, onde viveram antes de se mudar para a Inglaterra. Os homens estudavam seus livros sagrados somente depois do pôr-do-sol, atrás das cortinas fechadas.

— Se ser judeu é só uma religião, o que é que tem ser de uma religião diferente? — perguntou Daniel.

— As pessoas acham que tudo o que é diferente é perigoso. É por isso que viemos para este país.

— Para mim você não parece perigosa.

— Ah, que bom — disse Sarah sorrindo, pois secretamente esperava que ele fosse seu primeiro amigo de verdade. Ela já não tinha amigos havia dois anos, desde que viera morar com a tia Alva. Sarah jamais maldiria tia Alva, sua única parenta viva. No entanto, os últimos dois anos com ela foram como viver sob uma nuvem negra de preocupações — a próxima moeda, o próximo trabalho, a próxima refeição. Sarah poderia viver com o bolso vazio de moedas, mas era-lhe insuportável uma vida vazia de aprendizado, de alegria e de amigos.

Daniel perguntou por que ela vivia com a tia, e não com a mãe e o pai.

— Quando mamãe e papai pegaram a febre há dois anos, tia Alva foi me buscar e me levou para a casa dela.

Daniel percebeu que os lábios dela tremiam, e desviou o olhar. Pensou nos seus dois tios que não chegara a conhecer, também acometidos pela febre, mas não falou nisso.

Pouco depois ele disse:

— Alva é um nome engraçado.

— Se você for espanhol, não é. É um nome comum por lá... Posso lhe contar um segredo, Daniel?

Desde que a caixa dos segredos surgira, a vida de Daniel parecia cheia de mistérios. — Pode, sim.

— A melhor coisa que já me aconteceu foi ser atropelada pela carruagem e me trazerem para cá. Os Mulch são tão simpáticos comigo. Cuidam de mim como se eu fosse filha deles.

Daniel nunca vira uma pessoa que falasse tão abertamente sobre seus sentimentos.

Sarah contou-lhe algumas coisas, mas não tudo. Não contou o que o doutor McKnight sabia sobre o acidente. Não disse a ele como doíam sua perna e seu braço esquerdo por baixo das talas feitas de madeira e das ataduras. Não falou sobre o lado direito de sua cabeça, que doía tanto quando ela acordava de manhã, que chegava a ficar tonta.

— Se eu ficasse com a família Mulch — perguntou sem rodeios a Daniel —, você viria me visitar?

— Claro que sim!

Mary fez-lhe coro, dizendo o quanto gostaria de vir também, esperando que cada visita incluísse também Otis.

— Obrigada por me deixar brincar com Winnie — disse Sarah, voltando a atenção para Mary —, antes mesmo de saber se você iria gostar de mim como amiga.

— Tudo bem — disse Mary, faltando com a verdade. — Eu tenho muitos brinquedos e não preciso de tantos assim.

Sarah riu da diferença entre a vida das duas. Para ela, era uma extravagância ter nos braços um brinquedo por uma tarde que fosse. Tia Alva dizia que os brinquedos distraem a pessoa das coisas importantes da vida: trabalho e dinheiro. Quando Sarah cometeu o erro de pedir uma corda de pular igual à que vira umas meninas na cidade brincarem, foi a primeira vez que ouviu a resposta de tia Alva para todas as perguntas. "Trabalho e dinheiro são como o ar e a água, mocinha", dizia ela. "Se eu fosse você, prestaria mais atenção nisso."

Abraçada a Winnie, ela perguntou a Daniel e a Mary com franqueza:

— Vocês alguma vez já sentiram pena das crianças que não têm brinquedos para brincar?

Mary confessou que nunca tinha pensado nisso. Não foi preciso dizer que Daniel também não.

— E mesmo assim vocês dois foram tão bons para mim — disse ela com um sorriso, aparentando que já havia pensado muito no assunto.

Como que em resposta a sua pergunta, a porta do quarto se abriu, e Charlie e Joseph entraram. O medo que sentia pelo estado de Sarah ainda pesava sobre os ombros de Charlie, mas ele já conseguia disfarçar melhor.

— Como vão as coisas para vocês hoje, crianças? — disse em tom jovial.

— Para nós tudo bem, tio Charlie — disse Sarah, chamando-o de tio como ele sugerira —, mas não tão boas para outras crianças.

— Que outras crianças? — perguntou ele, sentando-se num canto do colchão.

— Eu tenho sorte. Tenho tudo que uma menina pode querer — amigos, brinquedos, você e tia Daisy. Mas e as crianças que não têm nada? O que irá acontecer com elas?

— Você devia pensar em você, em ficar boa, e não nas crianças infelizes — disse ele, admirado. Em toda a sua vida privilegiada, Charlie jamais dispensara um só pensamento a outras pessoas menos afortunadas do que ele. Mais uma vez, invadiu-o o sentimento de que aquele acidente não fora por acaso. Olhou para Sarah como se ela fosse mais que uma menina, como se fosse um anjo. — E o que você acha que podemos fazer quanto a isso, Sarah? — perguntou.

— Daniel e Mary trouxeram estes brinquedos para eu brincar, e o sr. Hutchinson ainda vai fazer outros para mim. Eu não acho isso certo. E se eu ficar com um ou dois brinquedos e nós dermos os outros para as crianças que não têm nenhum?

— De presente de Natal — reforçou Mary.

— Bem, é engraçado que você tenha falado nisso, pequenina. Passei a maior parte do dia conversando com o sr. Hutchinson sobre vender brinquedos para crianças. Estamos planejando colocar no mercado os brinquedos de Joseph e vendê-los. Nunca vi nada igual, tamanha é sua habilidade nesse trabalho, e, se fixarmos os preços corretamente, creio que haverá um bom lucro para todos. — Por ela ter uma natureza tão séria, apesar da pouca idade, ele se viu falando-lhe como se fosse adulta.

— Não estou falando em vender brinquedos para crianças, tio. Estou falando em dar.

— E qual é o lucro de se doarem os brinquedos, Sarah? — perguntou ele, com uma gargalhada, olhando à sua volta em busca de apoio, como se perguntasse se já haviam visto uma idéia mais absurda.

Joseph ouviu a pureza da sugestão de Sarah e perguntou a ela com delicadeza:

— O que você acha que podemos fazer?

Joseph a levava a sério, assim como o pai dela quando era vivo.

— Meu pai apareceu para mim em sonhos na noite passada. Ele me mostrava o tio Charlie abrindo as portas do banco, e lá fora havia uma fila de crianças esperando para entrar.

Assim que Charlie compreendeu que ela não estava caçoando dele, parou de rir e prestou atenção.

— Nesse sonho, tantas crianças tinham vindo, e nenhuma foi mandada embora. Eram todas convidadas a entrar no banco, para se aquecerem, comerem, beberem e estarem umas com as outras, como se fossem uma enorme família.

Talvez fosse por ser judia que Sarah se sentia como uma estranha. O legado de seu pai, que agora vivia dentro dela, ou, como ela o chamava, o seu sonho, lembrava-a da missão que ela viera cumprir: oferecer um lugar que, ao menos por uma noite, fosse de todos, acolhesse a todos.

— É um lindo sonho, Sarah — disse Joseph, visivelmente comovido pela visão da menina.

Charlie ficou imaginando um modo de fazer aquela idéia funcionar para o banco. "Um pouco de chocolate quente e uns biscoitos garantirão ao banco um ano de boa vontade", pensou ele.

— Você vai ter que dar um brinquedo a toda criança que entrar no seu banco, tio Charlie.

— Um brinquedo a cada criança que não tem nenhum — disse Joseph, como um eco aos sentimentos da menina. — O que é a infância sem brinquedos, Charlie?

O homem de negócios dentro de Charlie mentalmente fazia objeções à proposta, que, a cada minuto, ficava mais dispendiosa.

— Pense nisso, Charlie. Podemos pôr em prática a sua idéia de vender os brinquedos para ter lucro, mas o que você acha de a cada dez brinquedos vendidos separarmos o décimo para caridade e darmos aos órfãos?

Embora menos lucrativa, Charlie achou a idéia de Joseph mais aceitável.

Sarah lembrou-lhes que a idéia de Joseph vinha do Livro de Malaquias, no Antigo Testamento.

Joseph e as crianças levaram um susto ao ouvi-la falar aquele nome. Olharam para ela como se tivesse acabado de criar asas. Seria o mesmo Malaquias?

— Existe na Bíblia um Livro de Malaquias? — perguntou Daniel, incrédulo.

Ela fez que sim com a cabeça.

— Malaquias diz que, de cada dez que você receber de Deus, devolva um a Deus em agradecimento. Chama-se dízimo.

"Não se preocupe, tio", acalmou-o Sarah, "você não tem que dar brinquedos em todos os Natais. Aposto que se você o fizer só desta vez, no ano que vem outros lugares vão querer fazer o mesmo.

— O que acham do nome Banco de Brinquedos de Natal? — sugeriu Charlie, encantado com sua contribuição.

A conversa então espalhou-se pelo quarto. Todo mundo ria, dava sugestões e conselhos ao mesmo tempo, o que chamou a atenção de Daisy e de tia Alva, atraindo-as ao quarto de Sarah, transformado em um alvoroço de criatividade e conversas paralelas.

— Não posso prometer nada — disse Charlie. — Tenho que fazer meus colegas verem a sabedoria desse projeto.

Sarah gostou de ver a idéia de seu pai alimentando a imaginação de todos. Ele lhe ensinara que a finalidade de aprender não é ficar inteligente, mas fazer o bem.

— Se fizermos isso — disse Joseph, dando instruções a seus filhos —, significa que, a partir de hoje até a véspera do Natal, vocês não vão fazer mais nada além de brinquedos para o Banco de Brinquedos. Só vamos pensar em vendê-los depois do Ano Novo.

— Todo esse plano gira em torno de você, Joseph — disse Charlie.

— Bem, se ele gira em torno de mim — disse Joseph apontando para seus filhos, — então também gira em torno de vocês dois, porque isso quer dizer que vocês vão ter que trabalhar muito!

"*Sua oração é atendida através de você.*" Esse foi o exato pensamento que passou pelas cabecinhas de Daniel e de Mary, ao concordarem.

— Bem, Charlie, parece, então, que estamos todos de acordo, menos um membro importante deste grupo, que não está aqui. — Joseph não sabia se Grace ainda falaria com ele depois de ontem.

— Quem é? — perguntou Charlie. — Se é dinheiro que querem, posso pagar-lhes mais do que estão ganhando agora.

— Não é dinheiro, Charlie, é...

— O que é, então?

— É... hum... algo pessoal — resmungou Joseph, envergonhado por ter-se portado como um garoto diante de Grace.

— Então é melhor você resolver isso, Joseph — aconselhou Charlie, o homem de negócios —, o Banco de Brinquedos não pode esperar.

O rosto de Joseph ficou vermelho.

Daisy, a pacificadora, imediatamente ofereceu-se para ajudar Joseph no que estivesse a seu alcance.

Sarah também.

— Também quero trabalhar com o senhor Hutchinson.

Joseph sabia que, para uma menina como Sarah, um projeto com um objetivo era melhor do que qualquer coisa que o doutor McKnight receitasse. Doutor McKnight — só de pensar nele seu sangue fervia.

— Sinto muito decepcioná-la, Sarah, mas estou guardando você para mim — anunciou Charlie. — Você vai trabalhar para mim, como vice-presidente do Banco de Brinquedos de Natal.

Precisamos fazer com que a idéia toda dê certo, e não apenas a parte dos brinquedos.

— Já que estamos começando agora, Charlie, seria bom dar uma olhada nisso — disse Joseph, tirando os desenhos de Grace do bolso da camisa e entregando-os.

Eram muito mais sofisticados do que os brinquedos que Joseph lhe mostrara aquela noite. Charlie ficou impressionado. Passou os desenhos para Sarah, dizendo:

— Quero que você escolha os de que mais gosta. Enquanto isso, Daisy, dê dinheiro a Joseph para que ele possa comprar material. E, Joseph, permita que meu cocheiro o leve de volta, para que você possa logo começar a montar sua oficina em casa.

Daisy maravilhava-se com a segurança e a autoridade de Charlie quando ele assumia o controle de uma situação. Em ocasiões como essa, ela percebia que se apaixonava por ele novamente.

Joseph não tinha intenção de montar sua oficina em casa, mas sim no celeiro. Não havia sobre a terra um outro lugar em que gostaria mais de estar do que o celeiro, onde ele e vovô Elijah costumavam trabalhar juntos.

29

Quatro dias depois

A caixa dos segredos era tida como uma bóia de salvação lançada dos céus, mas não estava fazendo grande coisa por Sarah. Em vez de melhorar a cada dia, passava-se o contrário: seu rosto ficava mais e mais pálido e seu corpo, mais exausto.

— Se ela mostrasse suas feridas externamente — disse o doutor McKnight —, como fez com as escoriações, a medicina poderia fazer mais por ela. — O que ele dizia, na verdade, era que o dinheiro de Charlie não mais poderia fazer qualquer diferença no tratamento dela.

Embora o corpo de Sarah enfraquecesse aos poucos, Charlie não podia negar que sua garra e determinação de viver ganhavam força a cada dia. Ficou por um momento à porta do quarto dela antes de entrar, observando-a dormir. Não questionava como era possível que em tão pouco tempo viera a amá-la como se fosse sua própria filha.

Instalou-se na *bergère* ao lado da cama de Sarah. Com as mãos trançadas pousadas no colo, esperava. Charlie queria que ela o encontrasse ali, sempre ao lado dela, a toda hora que acordasse, como se a protegesse de qualquer outro mal. Charlie Mulch não era um homem religioso, mas de algum modo, desde que conhecera Sarah, havia se tornado um homem melhor. Quanto mais pensava nela e no Banco de Brinquedos, mais via o seu mundo ganhando cor, dimensão, profundidade. De que adiantava um monte de dinheiro, mostrara-lhe Sarah, se não podia compartilhá-lo? Fechou os olhos e imaginou os rostos dos pequeninos entrando no banco e vendo todos aqueles brinquedos, toda a comida e todo o carinho a esperar por eles, e não pôde deixar de sorrir de alegria. Não havia tempo a perder.

No dia seguinte, minutos após o fechamento do banco, Charlie convocou uma reunião urgente em seu gabinete para discutir a idéia de Sarah. A equipe era toda composta por homens, mas em pouco tempo cada um dos 11 já havia furtivamente enxugado uma ou outra lágrima durante a apresentação de Charlie.

— Posso convidar meus filhos?

— Posso doar dinheiro para o Banco de Brinquedos?

— Posso trazer também brinquedos novos para distribuir nessa noite?

As perguntas da equipe do banco tratavam todas de um mesmo tema: o que cada um poderia fazer para ajudar. Apoio era o que não faltava. Todos estavam comprometidos de coração.

Charlie cuidou dos mínimos detalhes, desde a música e a decoração até a variedade de pães, bolos e biscoitos. Em vez de contratar a taberna da cidade, contratou as viúvas dali para prepararem toda a comida. Trouxe os jovens adultos para transformar um simples banco em um lugar cheio de enfeites coloridos feitos em casa. Convidou as viúvas para também criarem uma atmosfera mágica para aquelas crianças que, há muito, tinham motivos suficientes para não mais acreditar em magia.

Como sempre se encontravam jovens a perambular pelas ruas à procura de confusão, Charlie tratou com alguns deles para que organizassem uma banda; afinal, o que seria de uma celebração sem música?

— Qualquer rapaz ou moça que queira tocar alguma música, ou mesmo cantar na noite de Natal, receberá um pagamento, e o banco fornecerá os instrumentos. — Charlie lhes pediu que passassem o recado adiante. Na noite do Banco de Brinquedos, ele queria que ruas e becos ficassem livres de tudo que não prestasse, e que o banco ficasse cheio de alegria. Sua intenção era envolver a cidade no espírito de Natal, no espírito de doar sem pensar em receber.

Ao final de cada dia de trabalho, Charlie corria para casa como uma flecha em direção ao centro do alvo. Entrava pela porta da frente e ia direto para o quarto cor-de-rosa, onde estava certo de encontrar sua adorada esposa e sua preciosa Sarah. Sem tirar o chapéu nem o sobretudo, sentava-se num canto da cama de Sarah e fazia, para suas duas garotas, um relato atualizado sobre o Banco de Brinquedos, deixando espaço para as sugestões das duas.

Mais tarde, já à noite avançada, ele e Daisy cuidavam da logística.

— Amanhã — explicava Daisy —, estou planejando fazer uma visita à sra. Brown, para que ela e a filha não deixem de estar conosco nesta tarde de domingo.

— Quanto mais, mais alegria — disse ele com uma risada. Desde que Sarah entrara na vida de Charlie, ele se tornara um homem muito flexível. — E Joseph?

— Já o convidei — ele vai trabalhar quase todos os dias, mas gostaria muito que seus filhos estivessem com Sarah.

— Vou mandar Jonah buscar todo mundo. E, por falar nisso, por que você não pergunta a Grace se ela gostaria de entregar os brinquedos na noite de Natal?

— O que é que há com você, marido? Sarah já está contando com essa tarefa — lembrou-lhe Daisy.

— Mas se ela não tiver condições...

— Ah, minha intuição de mãe me diz que ela vai ter todas as condições. Ela só fala nisso!

— Então vamos chamar tia Alva para ajudá-la. — Charlie fez uma anotação, porque eram muitas as preparações para o Banco de Brinquedos, e ele não tinha como saber todas de cor.

— Já providenciei o envio de duas carruagens à fazenda Hutchinson no dia do Banco de Brinquedos — propôs Daisy. — Uma para transportar os brinquedos e outra para Grace, Joseph e as crianças. Tenho certeza de que eles vão gostar de vir juntos.

Já Charlie não tinha tanta certeza, pois vira a expressão de Joseph se fechar quando se falava em Grace.

30

Primeiro de dezembro

Já se haviam passado mais de duas semanas da última vez que as crianças tiveram licença para entrar no celeiro. A primeira coisa que notaram foi a tabuleta de madeira novinha em folha pendurada à entrada.

— O que está escrito, Daniel?

— Oficina da Família Hutchinson — respondeu ele, orgulhosamente.

— É a *nossa* oficina. É aqui que vamos trabalhar no próximo mês.

Daniel e Mary estavam quase tremendo de entusiasmo quando Joseph os pegou pela mão e levou-os porta adentro.

— Nossa, papai! — exclamou Mary, a boca aberta de admiração. — O celeiro estava do tamanho da Lua: onde antes havia dezenas de pequenas baias ótimas para se brincar de esconder, havia agora um único e amplo espaço. A área da oficina tinha as paredes forradas com diversas prateleiras e caixas de diferentes tamanhos, além de longas bancadas, cada qual destinada a um determinado estágio da produção de brinquedos.

— O que aconteceu com Eleanor e Mumu, papai? — perguntou Mary, com grande preocupação.

Joseph levou-a ao canto oposto do celeiro, área dedicada aos animais, e mostrou-lhe que, embora suas baias tivessem sido mudadas de lugar, ainda tinham bastante espaço.

Ao pegar Mary no colo, disse com um sorriso:

— Sabe o que estou achando? Que os animais vão ficar bem contentes por estarmos aqui com eles.

Isso fez Mary sentir-se bem melhor.

Joseph passou o resto do dia mostrando às crianças o que elas iriam fazer durante o próximo mês.

À noite, sozinhos no quarto, Mary queixou-se do frio a Daniel.

Ele não se comoveu.

— Mary, você não está vendo que nossas duas orações foram atendidas?

Mary só conseguia pensar nos brinquedos que pedira à caixa dos segredos. E no frio. A resposta de Daniel não foi a esperada, e o silêncio dela mostrou-lhe isso.

Às sete horas da manhã seguinte, os dois já estavam trabalhando.

Joseph estava impossivelmente feliz naquela manhã — seus dois belos filhos nos braços, o bolso cheio de dinheiro dos Mulch e liberdade para fazer o que mais adorava neste mundo.

— Daniel, vou com Eleanor até o moinho, e você fica como responsável.

Quando Joseph voltou, quatro horas depois, Eleanor vinha arrastando uma folha de madeira cheia de pinho e de bordo, cada qual com um destino específico — um brinquedo de menina ou de menino, uma casinha ou blocos de construção, uma carruagem, uma espingarda, ou um jogo.

Quando a madeira foi descarregada no canto mais seco da oficina, Mary e Daniel receberam suas tarefas. A pedido de Joseph, varriam a serragem, retiravam farpas e, mais para o fim da semana, começaram a encaixar raios nas rodas, a torcer fios de corda que seriam tranças de cabelo e a tirar botões de suas roupas velhas para serem usados nas roupas das bonecas. Depois disso, Joseph ensinou-lhes a pintar roupas simples, macacões, rostos e unhas sobre a madeira, com o colorido e o realismo que a imaginação lhes permitisse. Assim dividiu-se o trabalho: Joseph fazendo os brinquedos e as crianças trazendo-os à vida.

Os Hutchinson trabalhavam do nascer ao pôr-do-sol, dia após dia. Depois que Joseph punha as crianças na cama, na maior parte das noites voltava sozinho à oficina.

— Nós não vamos ter uma folga, papai? — reclamava Mary.

— Temos folgas para comer todos os dias — lembrou-lhe Joseph.

— Mas temos que fazer nossas refeições no celeiro e só falamos de trabalho — choramingou Mary novamente.

— Lembre-se, Mary: pedimos brinquedos, e a caixa dos segredos está nos fazendo falar de brinquedos, pensar em brinquedos e fazer brinquedos o dia inteiro! Existe alguma coisa melhor do que isso?

— *Brincar com os brinquedos!*

— Sinto muito que tenhamos que trabalhar tanto, queridos — disse Joseph —, mas vocês sabem que eu não conseguiria fazer isso sem vocês.

— Não conseguiria? — perguntou ela, só para ouvi-lo repetir o que dissera.

— Você e seu irmão são o que me faz continuar. Acho que não teria conseguido sem vocês.

Mais tarde, naquele dia, ela falou com Daniel sobre o que o pai quis dizer quando disse que não teria conseguido sem eles.

— Ele estava dizendo que não consegue mais viver sem nós, assim como nós também não conseguimos viver sem ele.

— Mas nós nunca vamos ter que viver sem ele. O papai vai estar sempre aqui — disse ela, meio hesitante, — não vai?

— Existem muitas crianças que não têm mãe nem pai — disse Daniel, sem pensar em como sua afirmação iria perturbar sua irmãzinha.

Mary ficou morta de medo só de pensar nisso.

— Se alguma coisa acontecesse com papai, nós ficaríamos como Sarah — disse ela, dando-se conta da gravidade do fato.

Antes que Mary caísse em lágrimas, Daniel mudou de assunto.

— Sabe como é importante o que estamos fazendo?

— Claro que sei. Estamos criando brinquedos para fazer as crianças felizes.

— Não. É mais importante que isso. Estamos fazendo o que a caixa dos segredos faz. Ela dá às crianças coisas que elas não podem conseguir sozinhas, e lhes dá essas coisas *por intermédio* de crianças que precisam dá-las.

Daniel fez tal afirmação sem muita certeza de ter compreendido o que disse. Mary certamente não entendia. Depois disso, trabalharam em silêncio até Joseph voltar, uma hora depois.

— Nós temos mais, papai, então nós damos às crianças que têm menos — disse Mary logo que Joseph chegou.

Daniel ficou impressionado; afinal de contas, ela prestara bastante atenção.

— É isso mesmo — disse Joseph, beijando-lhe a testa como resposta, mas sua mente estava em outro lugar... cinco quilômetros a oeste, para ser exato. Toda tarde, sob sol ou chuva, Joseph cumpria o mesmo ritual. Vestia o sobretudo e dizia aos filhos que tinha negócios para tratar, mas que voltaria logo. Fechava a porta da oficina ao sair e, com uma intenção inquebrantável, começava a caminhar pelos campos gelados em direção à fazenda de Grace, para explicar-se.

A cada passo que o afastava de casa rumo à casa dela, sua resolução ia se dissolvendo. Todo dia ele voltava com o suor a gotejar-lhe pela espinha só de pensar em confrontá-la e em falar-lhe dos seus sentimentos. Falar-lhe dos seus sentimentos com relação a quê? Que ele era um ladrão de lembranças? Todas as noites Joseph juntava imagens de Miriam tal como um avarento junta seu ouro — momentos passados com Miriam, conversas que tivera com Miriam, risadas que dera com Miriam.

Não sabia ao certo o que queria de Grace quando se dirigia à fazenda dela todos os dias e, poucos metros antes de chegar, dava meia-volta. Ela não podia dar a ele o que ele realmente desejava: um futuro garantido, uma rosa sem espinhos, uma vida sem morte. Ninguém podia dar isso a Joseph.

31

Manhã da véspera de Natal

Especialmente neste dia, havia dois sóis brilhando — um no céu e outro no coração dos três Hutchinson.

Antes que chegasse a carruagem para levar os brinquedos ao banco em uma dúzia de sacos de aniagem, Joseph, Daniel e Mary examinaram seu trabalho orgulhosamente. Sessenta e três brinquedos. Não eram os brinquedos toscos e infantis que Joseph criara quando era menino. Os projetos de Grace eram muito superiores aos dele; os cavalos pareciam cavalos, as carruagens tinham portas que se abriam e rodas que giravam nos eixos. Os olhos pintados das bonecas devolviam um olhar carinhoso, e seus braços pareciam ansiar por abraços.

Amorosamente, embalaram cada um dos sessenta e três brinquedos, arrumando-os com cuidado dentro dos resistentes sacos. Brinquedo por brinquedo, cada uma de suas orações fora ricamente atendida.

Daniel ouviu as carruagens pararem em frente à oficina antes mesmo de vê-las. Correu com Mary até a porta e pôs a cabeça para fora.

— São duas — disse todo contente. — Uma delas é só para os brinquedos!

Um sentimento de profunda satisfação pairava entre Joseph e seus filhos. Ao longo dos anos, trabalharam duro na fazenda — duro de verdade —, mas nunca como naquele mês, com tanta determinação e foco. Juntos, com a ajuda dos dois cocheiros, os três armazenaram cuidadosamente os sacos na segunda carruagem. Trabalharam com uma espécie de reverência, como se guardassem objetos sagrados em uma santa arca. Nem uma palavra foi dita até que o último saco foi alojado em segurança no assento vago ao lado do cocheiro. Então, a um comando de Joseph, voltaram todos aos seus quartos e vestiram suas melhores roupas de domingo.

Enquanto isso, Joseph foi até a carruagem da frente e abriu a porta...

— Grace! — gritou, como que mordido por uma cascavel.

Sentada no interior da carruagem escurecida, calma e serena, a postura de Grace Brown era um convite aberto.

— Não esperava que você estivesse aqui — gaguejou Joseph, sem jeito.

— Nem eu — sorriu Grace —, mas Daisy insistiu em que Rose e eu viajássemos com o cocheiro dela...

Somente ao ouvir o nome de Rose, ele notou-a cochilando no colo de Grace. Joseph baixou seu tom em uma oitava.

— Não quer dizer que não seja um prazer vê-la aqui...

— Prazer em vê-lo, também, Joseph. Senti sua falta. — Tudo no modo como olhou para ele conferia um significado mais profundo às suas palavras.

— Eu também — gaguejou ele, com vontade de dizer-lhe muito mais.

Felizmente as crianças chegaram, dando a ele um motivo para despregar os olhos de Grace. Içou Daniel e Mary até a carruagem e acomodou-se ao lado deles, em frente a Grace. O movimento acordou Rose, e agora todas as crianças falavam ao mesmo tempo.

Joseph bateu com a mão fechada no teto da carruagem, num sinal ao cocheiro de que podiam seguir, desejando secretamente que as crianças não estivessem com eles naquele momento.

A carruagem deu um solavanco para a frente, chamando atenção para a proximidade dos dois; seus joelhos se tocavam, e, mesmo através do espesso tecido das calças dele e do vestido de lã dela, ambos estremeceram com o contato.

—O que eu desejava dizer — falou Joseph todo formal, parecendo muito com um dos seus brinquedos de madeira — é que estou contente por estarmos viajando juntos para o banco...

— Joe? Sou eu, Grace! Lembra? — Esta não foi a primeira vez que ela desejou sacudi-lo para fazê-lo parar de ser tão bobo.

Ele não precisou ser sacudido. Inclinou-se para ela e deixou escapar:

— Tenho tentado vê-la todos os dias, Grace, mas...

— Mas o quê? — Não ousou mencionar as ocasiões em que o vira chegar ao pé dos degraus de sua varanda e voltar no último minuto.

— Todas as tardes eu vesti meu casaco e fui até a sua fazenda.

Em silêncio, ela o fazia continuar.

— Alguns dias eu chegava até os degraus da sua varanda, e umas poucas vezes fui até a porta...

— O que é que o fazia voltar, Joe?

— Não sei se era uma coisa só. — Sentado assim tão perto dela, não conseguia imaginar por que desejaria estar em algum outro lugar que não fosse ali, com ela.

Grace aprendera a não o apressar; Joseph teria que descobrir a verdade a seu tempo.

Como poderia dizer a ela que estava assustado com o modo como ela o fazia sentir-se? Mais, muito mais, do que algum dia chegara a sentir-se com Miriam.

— Grace — inclinou-se para ela e murmurou —, você não tem idéia...

— E se eu tiver? E se eu também sentir a mesma coisa? Então não há nada a esconder.

Como um fantasma, a imagem do doutor McKnight com seu queixo fraco apareceu diante dos olhos de Joseph. Ele ficou frio e desviou o olhar.

Grace sentiu-o mudar, mas nada disse.

Olhando a paisagem passar, Joseph resmungou:

— Não tem importância...

— Joe, por favor, não faça isso. — Se estivessem sozinhos, ela o teria tomado nos braços e o faria falar o que sentia. — Fale comigo!

Tragado por uma corrente de emoções negativas, Joseph sentia-se incapaz de fazer qualquer coisa a não ser retirar-se para a segurança do silêncio.

Pela estrada esburacada, em meio a um desconfortável confinamento e à tagarelice incessante das crianças, Joseph compôs uma prece: "Por favor, que o doutor não esteja no banco esta noite." Não confiava no que faria na presença daquele homem.

32

Início da Tarde

Quando chegaram ao banco, a equipe abriu as portas da carruagem e cumprimentou Joseph e Grace como se fossem membros da realeza: um rei com sua rainha e seus três reais herdeiros. As crianças estavam deliciadas.

Um grupo de funcionários conduziu Grace, Joseph e os sacos de brinquedos a três diferentes direções; e essa foi a última vez que Joseph viu Grace, até que as portas do estabelecimento foram abertas às cinco horas.

Pela primeira vez em sua história, o banco ficou fechado em um dia útil: nem um dólar mudou de mãos nem houve um centavo sequer de lucro.

Não havia como estar preparado para a transformação ocorrida no interior daquele banco tão seriamente mobiliado. Em todas as paredes e em todas as superfícies livres havia trabalhos desenhados por crianças — figuras de famílias felizes, bebês, casas de fazenda com fumaça a sair pela chaminé, animais, arco-íris, sóis e estrelas cobriam todas as superfícies imagináveis. Nuvens de algodão branco e fofo penduradas em fios invisíveis transformaram o teto num perfeito céu. Ninguém poderia imaginar que as mesas estavam escondidas sob mantas e cobertas feitas em casa. Para todo lugar que se olhasse havia algo colorido e doce para se comer. Cadeiras e bancos foram distribuídos pelo salão, convidando as crianças a contar suas histórias, a revelar seus segredos e a confessar seus medos.

Sarah estava sentada ao centro do salão principal, na enorme cadeira de Charlie Mulch, feita em couro bordô com tachas de latão, quatro vezes o tamanho dela. À sua frente estava a colossal escrivaninha de mogno de Charlie, dez vezes maior do que Sarah, e na parede às suas costas havia prateleiras que Joseph construíra para abrigar os 63 brinquedos. Só que agora eles eram mais de 63 — parecia que eram pelo menos o dobro desse número, por causa das doações inesperadas feitas ao longo do mês. Sarah estava encarregada de distribuir cada um deles — certamente o trabalho mais emocionante de todos.

Por mais que o doutor McKnight recomendasse repouso para seu corpo enfermo, Sarah insistia em que trabalhar no Banco de Brinquedos era o melhor remédio, e Charlie a apoiava. Ele viu como aquele sonho enchera seus dias de objetivo e magicamente substituíra sua dor por prazer. Embora mal conseguisse andar sem ajuda, Sarah estava determinada a sustentar seu próprio peso esta noite. Charlie concordava, mas com uma condição: que ela ficasse sentada em seu trono como uma abelha rainha em sua colméia, deixando as abelhas operárias fazerem o trabalho pesado. Sarah não teve forças para fazer objeções quando Alva apresentou-se como sua assistente oficial.

— Não se preocupe, tio Charlie, o amor dentro desta sala vai me curar até o fim da noite — disse a menina, radiante.

Charlie orava para que assim fosse.

E Alva também. Lá estava ela, toda orgulhosa e protetora, ao lado de Sarah. Com um vestido azul-escuro, presente de Charlie, ela não tinha apenas uma aparência diferente; sentia-se diferente. Algumas horas antes, viu seu reflexo no espelho e, por um instante, ficou sem respirar, incrédula com o que via. O brilho do seu vestido de cetim e o lustro de seu cabelo ruivo, cem vezes escovado esta manhã, revelaram uma mulher totalmente nova. Já fazia muito tempo que Alva aceitava o fato de não ser bonita, mas hoje uma linda senhora a olhava do espelho. Com o fardo acachapante das preocupações financeiras permanentemente tirado de seus ombros, a beleza interna de Alva estava livre para vir à tona.

Grace e Rose estavam na mesa ao lado da de Sarah. Acima delas, havia um cartaz pendurado na parede: "Estação dos Nomes". Após receberem seu brinquedo, as crianças iriam àquela mesa, na qual teriam toda a ajuda de que precisassem para dar-lhe um nome. A idéia fora de Rose, que achava o nome praticamente um determinante do destino de uma boneca. Quantos dias de sofrimento ela passou, até encontrar o nome certo para Clarissa, a sua preferida.

O mesmo ocorreu com Grace quando Rose nasceu. A primeira vez que pôs os olhos nos ralos cabelos flamejantes de seu bebê recém-nascido e ouviu seu choro zangado e inflamado, descobriu a verdadeira natureza de sua filha. Depois que Grace lhe deu um nome, Rose podia dar todos os ataques de mau humor que quisesse, que sua mãe sempre sorria pacientemente. Pois, para Grace, nenhuma outra flor igualava o perfume inebriante e a beleza selvagem de uma rosa.

Os corações estavam cheios de ansiedade e repletos de entusiasmo. Era difícil, porém, dizer quais eram os corações mais plenos — os que esperavam dentro do banco ou os que aguardavam do lado de fora.

Entre quatro e meia e cinco horas, os ponteiros do relógio pareciam ter parado. Quatro e cinqüenta e cinco, cinqüenta e seis, cinqüenta e sete, cinqüenta e oito, cinqüenta e nove...

33

Cinco horas, véspera de Natal

Todos esperaram semanas a chegada daquele momento. Quando a banda tocou a primeira nota, para surpresa das crianças que aguardavam no frio, as duas portas gigantescas se abriram lentamente, dando-lhes a primeira visão do reino mágico que as esperava. A multidão exultava de alegria, e um rio de crianças começou a correr banco adentro.

Somente cinqüenta crianças eram esperadas, mas a multidão ocupou toda a Rua Principal. A cidade usou o Banco de Brinquedos para reunir as famílias: irmãos separados quando os pais morreram; pais que, por motivos financeiros, tiveram que deixar os filhos sob os cuidados de outros; e parentes que haviam perdido contato com membros de sua família — irmãos que não se viam e pais que não viam seus filhos. Era o céu na Terra.

O coração de Sarah encheu-se de alegria ao olhar para os rostos sorridentes espalhados pelo salão.

Joseph foi até ela, levando um prato cheio de doces.

— São para você, Sarah.

— Obrigada, sr. Hutchinson.

— Não, obrigado a você, Sarah, por sua idéia do Banco de Brinquedos... e, por favor, me chame de Joseph!

— Vou chamá-lo de Joseph se você parar de me dar o crédito pelo Banco de Brinquedos. Foi idéia do papai.

Em breve, a adoção de Sarah se tornaria definitiva. Ela seria legalmente a filha de Charlie e Daisy Mulch. Ela seria Sarah Mulch. Esta noite, porém, ela ainda era filha de seu pai.

As lágrimas escorriam pelas faces de Alva. "Deixe-as cair", pensava ela, pois esta noite ela era a mulher mais generosa do mundo. Com grande orgulho, passava cada brinquedo a Sarah, que estava radiante. Nos dois anos em que viveram juntas, nem uma só vez vira Sarah sorrir, mas esta noite as duas estavam sorrindo. Com seu vestido novo e em ambiente festivo, ocorreu a Alva que talvez a vida *fosse* mais do que a dura e cinzenta existência que conhecera. Jogos, brinquedos, risos, todas as alegrias da vida não eram luxos, como tantas e tantas vezes pregara a Sarah; eram necessidades. Somente agora ela via como estivera errada. Deu-se conta de que a vida é mais do que apenas comida e um teto, de que a vida é para se viver.

Do outro lado do salão, Charlie não conseguia tirar os olhos de Sarah, a resposta às suas preces. Como banqueiro, esperava-se que

Charlie guardasse seus sentimentos junto ao colete; mas não esta noite. Não mais. Quando as portas do banco se abriram e as crianças correram para dentro, ele ficou profundamente emocionado. Jamais soubera quanta tristeza existia em sua pequena cidade. Na sua idade, as perdas eram esperadas; mas ali, de pé à sua frente, estavam muitas crianças que já haviam sofrido mais perdas do que ele poderia imaginar.

Charlie ficou atrás da segunda mesa mais concorrida do banco. Estava coberta com montanhas de doces: biscoitos açucarados em forma de cachorros, coelhos, vacas e porcos. Tortas de maçã, de abóbora, de amora e de frutas cristalizadas ao lado de fileiras de caramelos e de tigelas de balas de hortelã listradas de vermelho e branco. Era com reverência que enchia cada copo de cidra e passava cada biscoito às crianças.

Mais tarde, como um menino travesso, pegou Daisy pela mão e saiu furtivamente para a sala do cofre, que era reforçada com aço. Chamada de "fortaleza", abrigava em segurança todo o dinheiro e os documentos importantes do banco. Um mês atrás, Charlie jamais entraria naquela sala com finalidades que não fossem profissionais; mas, neste momento, abraçava a esposa como se fosse sua noite de núpcias.

Charlie deu um largo sorriso:

— Em breve você vai ter que me chamar de *pai*.

— Só se você me chamar de *mãe* — disse Daisy a sorrir, contando os dias até que ela e Charlie adotassem Sarah. O sonho de tornar-se mãe já se havia realizado. Daisy passara o último mês dispensando cuidados maternais a Sarah, para que ela recuperasse a saúde, e recusava-se a ouvir o sinistro diagnóstico médico, devolvendo-lhe o seu próprio: Sarah ficaria totalmente recuperada, nova em folha, até melhor do que antes, e pronto.

Daisy e Charlie roubaram um último abraço antes de tentarem sair da "fortaleza" sem serem vistos, mas não conseguiram. Joseph estava no corredor, esperando-os com um presente.

— Para você, meu amigo — disse Joseph, entregando a Charlie a caixa de madeira.

Como o sentimento de Charlie não coube em palavras, ele nem tentou dizê-las.

Com lágrimas nos olhos, Daisy disse:

— Você é um bom homem, Joseph Hutchinson. Seu pai ficaria muito orgulhoso de você.

Joseph ficou perplexo. Não havia presente mais valioso do que aquelas poucas mas preciosas palavras.

Após o trabalho duro, que já pertencia ao passado, Daniel e Mary estavam livres para fazer o que bem quisessem. Esta era a noite deles. Dançaram todas as músicas tocadas pela banda; comeram todos os doces que o estômago permitiu; fizeram amizade com todas as crianças; contaram-lhes como foram feitos os brinquedos; riram até doer a barriga... Ninguém, exceto Joseph, sabia o quanto haviam trabalhado no último mês.

Naquela noite, Daniel e Mary compreenderam o espírito do Natal por experiência própria: a alegria de dar era a própria recompensa.

Na verdade, a cidade inteira deixou-se envolver por esse espírito. Em vez de passar a noite em pequenos círculos familiares, a população da cidade abriu seu coração àquela grande família. Somente quando as pessoas começaram a compartilhar o que possuíam é que se deram conta do quanto realmente tinham.

Era abundante a felicidade de todos, mas Joseph não podia senti-la. Passou a noite tomando conta de tudo e de todos, exceto de Grace, a quem obviamente evitava. Esperou até Rose sair com Daniel e Mary para tentar aproximar-se da mesa.

— É, Grace. Parece que você está se divertindo.

— Todos estão se divertindo... Você não está?

— Não, Grace — respondeu ele, defensivo. — Não, não estou.

Ela riu ao ver que aquele homem continuava a ser tão tolo.

— Como você se altera por nada... Eu estou bem aqui — disse ela. — É só você abrir os olhos que vai ver isso.

— Não consigo olhar para você sem vê-lo.

— Ah, Joe, você não consegue deixar isso para lá! Ainda bem que estamos na Estação dos Nomes. — Apontando para o cartaz atrás de sua mesa, ela repetiu: —Estação dos Nomes. É o que Rose e eu estamos fazendo esta noite com os brinquedos que você fabricou.

— Por que está dizendo isso, Grace?

— Vou lhe dizer, senhor Hutchinson, exatamente por que estou lhe dizendo isso. Permita que eu dê um nome ao seu comportamento: ele se chama *ciúme*.

—Você... — gaguejou ele —, você está errada.

— Será? E que nome você daria para o fato de que a simples menção do nome do doutor McKnight faz você fugir? E como é que você chamaria quando uma pessoa vai à sua fazenda todas as tardes e, em vez de bater à porta, foge? Como é que você chamaria isso, Joseph?

É, ele vinha fugindo. Quem é que não fugiria com o *anjo da morte* a persegui-lo?

— Você não entende o que é ser um homem da família Hutchinson? Desde o dia em que nasci, trago uma maldição sobre a cabeça.

Para Grace, já era o bastante.

— Por quanto tempo mais você vai usar essa maldição como desculpa?

O corpo dele ficou tenso, as faces queimavam de tão vermelhas. Mal conseguindo controlar a raiva, debruçou-se sobre a mesa, apontando o dedo para o rosto dela, e disse por entre os dentes cerrados:

— Não... se... atreva.

O grande relógio do banco deu as horas com sete sonoras batidas, e o doutor McKnight apareceu à mesa bem ao lado dele.

— Está tudo bem por aqui, Grace? — perguntou o doutor McKnight com ar protetor, chegando mais perto de Joseph.

Sem tirar os olhos de Joseph, ela respondeu calmamente:

— Está, Michael, está tudo ótimo.

— Tem certeza?

— Tenho. Ele estava começando a me dizer uma coisa — respondeu Grace. — Sr. Hutchinson... o senhor ia dizendo...?

Joseph girou nos calcanhares e saiu, ofegante, em ziguezague pela multidão até os fundos do banco, abrindo a porta de um só golpe. O ar frio bateu-lhe no rosto como uma bofetada quando desceu os degraus até o beco deserto de terra batida. Furioso, andava de um lado para o outro, como um animal aprisionado.

— Como é que você se atreve a me dizer isso — gritava ele na porta do banco. — Você não tem idéia do que é ser um Hutchinson... Ninguém tem idéia!... E o fato de você estar falando com ele agora mesmo prova que você não sabe nada sobre mim... Depois do que ele fez para Miriam... a minha Miriam...

"Minha Miriam. Ela se foi para sempre, e a culpa é sua, McKnight! A culpa é sua, Rose. A culpa é dessa odiosa maldição! A culpa é dessa odiosa fazenda! A culpa é de todos os homens da família Hutchinson que morreram antes de mim e que me deixaram aqui sozinho! A culpa é sua, Grace! Mas, acima de tudo, a culpa é sua, Joseph Hutchinson, por ser *tão covarde*!

E lá estava ela... a verdade. Joseph caiu de joelhos e chorou.

Todos concordaram que o Banco de Brinquedos foi um sucesso. Ninguém queria ir embora, mas, quando a comida acabou e em seguida a banda parou de tocar, entenderam que a noite chegara ao fim. Charlie ficou na porta da frente despedindo-se, até sair o último convidado. Grace e Alva começaram a ajudar na limpeza. Rose e Mary dormiam em um canto. Restaram apenas quatro brinquedos. Sarah pediu a Daniel que pegasse Winnie na prateleira. Apesar de tê-la doado ao Banco de Brinquedos, confessou a Daniel que ficara muito feliz por tê-la de volta.

Embora quase todos já tivessem partido, a pureza do amor compartilhado permaneceu naquele salão. Até Joseph pôde senti-lo, quando entrou novamente no banco.

34

Quatro meses depois, domingo de Páscoa de 1807

Daniel cravou a pá na terra úmida, cavando um buraco embaixo do olmo. Tinha que fazê-lo profundo o bastante para enterrar seu precioso pertence, sem risco de algum animal desenterrá-lo no meio da noite. Se ele estava chorando, ninguém viu, pois suava de verdade com o esforço do trabalho, o rosto vermelho e úmido, o cabelo colado à testa. Do outro lado da árvore estava a tábua de madeira criada que marcava o local da sepultura de sua mãe.

De pé ao redor de Daniel, quase num amplo círculo, esta vam a família Hutchinson e seus amigos, todos ali para fazerem parte da cerimônia. Também estavam presentes os dois filhos recém-adotados de Charlie e Daisy, Nate e Hannah, irmãos de verdade, que o casal conhecera na noite do Banco de Brinquedos. O guardião legal das crianças explicou que um tornado arrasara sua cidade, destruindo metade das casas e matando os pais das duas crianças.

— Não preciso lhes contar como a caixa dos segredos salvou a vida de minha família este ano, nem vocês precisam me contar como ela também salvou a vida de vocês. — Joseph não gostava de fazer discursos. — Bem, Malaquias nunca nos disse que tínhamos que enterrar a chave. Ele só disse que, depois de colocar uma prece dentro da caixa, tínhamos que deixá-la ir, do contrário não funcionaria. O enterro da chave foi idéia de Daniel.

Daniel pigarreou.

— Acho que enterrarmos a chave prova que realmente confiamos que a caixa vai atender as nossas orações ao modo dela. — Tirou do bolso a delicada chave de ouro e olhou para seu pai. Joseph consentiu com um gesto de cabeça, como se dissesse: "Vá em frente, filho." Daniel então pousou a chave no solo recém-escavado.

Mary tinha algo a acrescentar.

— Nós amamos você, mamãe, e sentimos a sua falta, mas não se preocupe — prometeu —, nunca vamos esquecer você.

Nem ela nem Daniel esqueceriam sua mãe enquanto vivessem.

Joseph também jamais esqueceria a esposa. Isso seria impossível, pois ela significara tudo para ele. Mas lá no horizonte havia algo a chamá-lo, e esses quatro meses haviam-no curado de seu passado, libertando-o para a vida. Então, num gesto tão natural e inevitável quanto o avermelhar de uma folha na chegada do outono, Joseph uniu sua mão à de Grace.

Grace compreendeu — ela sempre compreendera Joseph —, e apertou a mão dele em resposta.

Charlie foi para o centro do círculo ao lado de Daniel.

— Se me permite, meu rapaz, gostaria muito de acrescentar uma coisa. — Do bolso de seu paletó extraiu Winnie, o pônei de brinquedo. — Sarah adorava este brinquedo, pelo espírito com que lhe foi dado. Sua generosidade, Mary, significou muito para ela. — Os olhos de Charlie ficaram marejados de lágrimas. Desde que conhecera Sarah, aprendera a expressar seus sentimentos, e desde que a perdera, parou de se importar com aqueles que o percebiam.

Haviam se passado três dias do Natal, quando ele e Daisy acordaram e viram que Sarah se fora, serenamente, enquanto dormia com Otis a seu lado. O médico tentara prepará-los para esse momento, mas ninguém está realmente preparado quando chega o sono eterno. Só lamentaram não estar lá para confortá-la quando chegara a hora.

O que os Mulch desconheciam, no entanto, era que Sarah não fizera a passagem sozinha. À meia-noite, ela acordou com a imagem de seu pai em pé à sua cabeceira. Ele estendeu a mão e disse que viera para levá-la para casa. Ao pedir-lhe que não tivesse medo, Sarah pegou na mão dele e disse: "Não estou com medo."

— Vá, sr. Mulch — disse Daniel, apontando para a terra recém-escavada —, pode pôr Winnie junto da chave.

Cumprida a tarefa, foi justamente Joseph quem disse:

— É hora de continuar em frente.

Todos o seguiram até a casa da fazenda para a leitura das páginas finais do caderno. Sentaram-se em torno da mesa da cozinha, que se estendeu para acomodar a todos. Joseph fez sinal a Grace para que sentasse a seu lado, e ao lado dela os seus dois filhos. Mary não quis sentar ao lado de Grace, preferiu acomodar-se no colo dela. Daniel teria feito o mesmo se não houvesse tanta gente olhando. Sentou-se, então, ao lado de Alva e apanhou Otis, o que, por alguma estranha razão, fez ele e Alva se sentirem mais próximos de Sarah. Rose estava totalmente à vontade no colo de Joseph. Nate estava feliz nos braços de Charlie e Daisy em completa harmonia com Hannah em seu colo.

Quando todos se aquietaram, Joseph abriu o caderno de Malaquias e leu o capítulo final.

> Fiz a mim mesmo a seguinte pergunta: qual presente um pai pode dar ao filho que dure para sempre?
>
> Antes, eu acreditava ser suficiente prover-lhe abrigo e roupas, mas depois aprendi que não é bem assim.
>
> Passei este domingo de Páscoa, do alvorecer ao crepúsculo, a registrar os três mistérios da caixa dos segredos, para poder lhe deixar este livro de sabedo-

ria — moeda valiosa, certamente. Com ela, adquiri uma fé verdadeira, meu filho. Que você possa fazer o mesmo.

Joseph olhou ao redor e percebeu que em sua casa havia vários relacionamentos que não existiam um ano atrás. E maravilhou-se com a forma pela qual todas as palavras de Malaquias vieram a realizar-se.

Vovó Mary ensinava que a repetição constrói a sabedoria; e a sabedoria, o poder. Com essa finalidade, peço-lhe que se reúna a mim para reler este livro em todos os domingos de Páscoa; faça o mesmo com seus filhos, e com os filhos dos seus filhos. Você pode ver isto: os Hutchinson como elos de uma corrente de ouro que cobre a distância entre o céu e a terra? Prometa-me que assim será, e eu descansarei tranqüilamente sabendo que os mistérios da caixa dos segredos não terminarão com você.

Fim, 26 de março de 1780.

Lembre-se: você não tem que fazer a caixa dos segredos funcionar; simplesmente deixe-a funcionar.

Joseph virou a página, mas estava em branco, assim como a página seguinte. Fechou o caderno sentindo-se incompleto, mas nada disse. Talvez houvesse ficado muito dependente das orientações de Malaquias e ainda não estivesse pronto para deixá-lo.

Ou, então, talvez *estivesse* faltando algo.

Mais tarde, naquela noite, a conversa passou aos negócios, ao negócio dos brinquedos. Joseph e Charlie traçaram planos para que a produção inicial de trezentos brinquedos estivesse disponível para venda no Natal seguinte. Meses atrás, haviam registrado legalmente o nome de sua empresa — O Banco de Brinquedos.

Grace seria a artista e desenhista. Daisy e tia Alva seriam as responsáveis por contatar orfanatos e instituições de caridade a fim de doar-lhes um dízimo de todos os brinquedos produzidos a cada ano.

Às nove horas, os filhos de Joseph estavam na cama, e o resto dos visitantes dividia-se desigualmente nas duas carruagens, com tia Alva e as crianças em uma e os adultos na outra. Grace terminou de enrolar seus desenhos, atando-os com uma linha grossa. Colocou-os em sua valise e virou-se para ir embora, mas deu com Joseph bloqueando seu caminho.

— Não quero que você vá embora — disse ele.

Sua franqueza pegou-a deliciosamente desprevenida.

— Ah, não quer? E então? O que você sugere que eu faça?

— Fique — disse ele —, só uns minutos.

Grace não pôde se conter. Largou a valise no chão e estendeu os braços para ele.

— Venha cá, então, e me deixe abraçá-lo antes de ir.

Joseph fez o que lhe foi pedido. Deixou-se unir ao calor dos braços macios de Grace e pôs a cabeça no ombro dela.

Grace estremeceu quando os lábios de Joseph roçaram seu pescoço.

— Estão esperando por você na carruagem, sabe — murmurou, apertando o corpo dela contra o seu.

— Sei — suspirou ela.

— Vão ficar pensando no que você estará fazendo, sabe — disse ele, beijando-a de leve na base da garganta.

— Sei — disse ela, mordendo o lábio inferior.

— Não se importa, sra. B...?

— Não — disse ela expirando —, eu não. Nem você.

— Tem razão — disse ele, rindo. — Só o que me importa agora é ficar bem junto de você. — E, sem pedir permissão, beijou-lhe os lábios. Com força. Ele sabia que era errado, mas não podia resistir, não podia esperar nem mais um minuto, nem mais um segundo. Seu beijo podia dizer o que suas palavras jamais conseguiram — o quanto ela significava para ele, o quanto sempre significara.

E Grace sentia a mesma coisa.

Ele a beijou como se fosse tragá-la, devorá-la até, mas Grace não tinha medo da paixão dele. Sempre soube que estava lá, espreitando sob a superfície. Foi por isso que Joseph se debateu e lutou consigo e com ela todos aqueles meses.

As mãos de Joseph começaram a explorá-la.

— Não, Joe — gemia ela, tentando afastar-se enquanto ainda tinha forças. —Tenho que ir.

Joseph concordou e envolveu-a pela cintura, apertando-a ainda mais.

— Nunca mais vou deixar você ir embora.

Apenas um único beijo fora trocado; mas nele havia a promessa do que estava por vir quando se casassem.

Ali ficaram por mais alguns momentos perigosos, a olharem-se nos olhos, mãos a apertar a carne, indo mais fundo no crescendo de sentimentos, em vez de se afastarem. Queriam, mas não conseguiam arrancar-se um do outro. Enquanto aumentava a necessidade entre eles, a capacidade de resistir desfazia-se diante dela. O som de um beijo foi seguido por um outro, e depois outro, até que veio um som diferente, o som do prazer, o gemido de prazer de Grace, de Joseph, da dor por terem esperado tanto tempo — tempo demais — por aquele momento. As mãos de Joseph moveram-se febrilmente até a longa fila de botões de pérola que fechavam a gola de Grace, querendo desabotoá-los ou abri-los à força.

Grace sabia que aquilo não ia parar se ela não parasse; então, recuou e murmurou:

— Chega... por ora.

Ela estava certa. Joseph levou um momento para compor-se, depois pegou a valise do chão e acompanhou-a até a carruagem.

— Boa noite — disse ele formalmente. Mas a ansiedade em sua voz desmentia essas simples palavras.

Quando fechou a porta da carruagem, Grace encontrou seus olhos e disse com igual displicência:

— Talvez nos vejamos em breve. — O que ela esperava que Joe ouvisse era: "Venha me ver assim que puder, querido, pois estarei esperando por você."

Joseph ficou olhando a carruagem partir em direção à fazenda de Grace. Mais alguns minutos se passaram antes que ele pudesse caminhar de volta para casa. Estava tremendo por tê-la tocado, e precisou controlar-se antes de dar um beijo de boa-noite em seus filhos. Notou que o perfume de Grace permanecera; fechou os olhos e inspirou.

35

Ainda naquela noite

Como é que ele pôde esquecer! Joseph saiu cambaleando da cama e, na escuridão, correu escadas acima, com um tinteiro em uma mão e uma pena aparada na outra. Já dentro do sótão, acendeu uma única vela, pegou do chão a Bíblia da família e a pôs ao colo, e começou a virar-lhe as páginas até que encontrou a representação primitiva de uma árvore, a árvore da família Hutchinson.

— Perdoe-me, Miriam — disse ele, e mergulhou a pena no tinteiro, escorreu o excesso e cuidadosamente começou a registrar a história de Miriam. Para alguma geração futura, não seriam mais que palavras em uma página, mas para Joseph eram um pedaço de seu coração.

Quando estava para fechar o livro, encheu-se de uma inexplicável curiosidade. Seus olhos viajaram para baixo, para trás no tempo, à procura do nome de Malaquias. Malaquias, que, ao ensinar-lhe os mistérios da caixa dos segredos, o instruiu acerca dos segredos da própria vida.

Havia o registro de Malaquias em um dos mais robustos ramos da árvore da família: Malaquias Hutchinson, falecido em 27 de março de 1780. Isso não podia estar certo. Joseph esfregou os olhos. "A luz da vela deve estar confundindo a minha visão", pensou. Respirou fundo, olhou novamente para a página, e lá estava a data da morte de Malaquias, preto no branco, 27 de março de 1780. O coração de Joseph chegou a falhar, ao dar-se conta de que Malaquias escrevera os três mistérios da caixa dos segredos no dia 26 e morreu exatamente no dia seguinte.

Epílogo

Páscoa de 1942

Na primeira página em branco do caderno de Malaquias, cuidadosamente, e em letra legível, Joseph escrevera:

> Escrevo para você, Deborah, minha trineta, que tem apenas três semanas de vida. Um dia, daqui a muitos anos, você lerá este caderno e perguntará:
>
> — Quem foi Joseph, para acrescentar suas palavras ao extraordinário saber de Malaquias?
>
> E eu respondo:
>
> — Sou um simples homem que quase foi tragado pelas aflições da vida, não fosse a caixa dos segredos que você tem, neste momento, em suas mãos.

Durante anos, Joseph sentira que faltava um mistério na caixa dos segredos, um mistério que, seguido ao pé da letra, reduziria e até faria desaparecer os sofrimentos da vida. Havia alguém mais experiente, alguém que conhecesse mais o sofrimento do que um Hutchinson, para quem o sofrer tornara-se um modo de vida?

Agora, restava uma última página em branco no caderno de Malaquias, deixando-lhe pouco ou nenhum espaço para erro. Com a máxima concentração, já que aos 73 anos suas mãos já não estavam mais firmes, Joseph escreveu o quarto mistério da caixa dos segredos, um mistério que ele já havia escrito e reescrito mentalmente todos os dias ao longo dos últimos muitos anos de sua vida...

Releu as palavras, para ter a certeza de que eram sinceras e verdadeiras, e então datou o registro. *Domingo de Páscoa, 9 de abril de 1939.*

Pacientemente, esperou a tinta secar, fechou o caderno que continha o legado de Malaquias, e agora o seu, e introduziu-o pela tampa da última caixa dos segredos. Examinou o pequeno aposento, considerando onde escondê-la. Joseph dava continuidade ao que acreditava ser a tradição da família — esconder a verdade até que ele fosse encontrada quando dela mais se precisasse. Ele escreveu para Deborah, a recém-nascida da família, mas não tinha controle sobre quem realmente a encontraria. E lá ficou até o amanhecer, quando encontrou o esconderijo perfeito para a caixa.

Joseph não poderia saber que, quase sete décadas depois daquela noite, sua tetraneta, Clare Rose, tropeçaria na caixa ao viver seu momento mais sombrio. Não poderia saber de que forma a vida dos familiares de Clare dependeram do que estava escrito no caderno. Também não poderia saber que com os três mistérios de Malaquias a caixa dos segredos teria salvado dezenas de vidas, mas que, com o quarto mistério acrescentado por Joseph, a caixa salvaria milhares.

GUIA DE LEITURA EM GRUPO PARA

A CAIXA DOS SEGREDOS

Por August Gold & Joel Fotinos

Desde o início dos tempos, homens e mulheres oram — milhões de orações todos os dias. Por que tão poucas de suas orações são atendidas? Qual é o papel da sorte, da oportunidade e do destino em nossa vida? Como podemos desvendar nosso destino e vivê-lo?

Joseph Hutchinson é um homem cuja vida foi sempre repleta de infortúnio e adversidades. Viúvo, pai de um casal de filhos, vivendo em uma fazenda que está para lhe ser tomada, Joseph embarca em uma inesperada viagem que irá colocá-lo frente a frente com seus maiores medos e, finalmente, com sua maior descoberta: uma misteriosa caixa de madeira escondida em seu sótão havia mais de cem anos. Essa caixa contém os três segredos da oração que irão mudar a vida de Joseph e de todos à sua volta.

Repleta de romance, mistério e espiritualidade, *A caixa dos segredos* é uma sábia e calorosa narrativa que irá revolucionar tudo o que pensamos sobre a oração e sobre o sentido de nossa vida aqui na Terra. Uma parábola dedicada a pessoas de todas as crenças (ou de nenhuma delas), para ser lida, relida, estudada e, acima de tudo, vivida.

Seguem-se perguntas sobre os principais tópicos do livro e perguntas para discussão, no intuito de complementar a leitura de *A caixa dos segredos.*

1. *A caixa dos segredos* é uma parábola sobre a oração. Como você se sente a respeito da oração? Como você ora? Como o ensinaram orar quando criança?
2. Segundo *A caixa dos segredos*, todas as preces são atendidas por meio daquilo que se pede, ou por meio daquilo que está entre você e o seu pedido. Você sente que suas orações geralmente são atendidas? Depois de ler *A caixa dos segredos*, você consegue ver como alguma circunstância de sua vida, neste momento, pode estar conduzindo à resposta de sua oração?
3. Por que Joseph vai ao sótão? O que o sótão representa? Como você "sobe" na sua vida?
4. Você ficou surpreso quando Miriam morreu? De que forma a morte dela se relacionou com o que ela vivenciou junto à filha de Grace?

5. Como você se sentiu diante das circunstâncias em que Sarah entrou na vida de Charlie e de Daisy? Seria ela uma resposta às orações deles?
6. O que Sarah representa no romance? Como você se sentiu quando ela morreu?
7. Em um dado momento, Joseph joga fora tudo que havia no sótão. Por que ele faz isso? O que em sua vida precisa ser "jogado fora" para que surja algo novo?
8. Inicialmente, Charlie é apresentado como "vilão" no romance, mas em seguida se torna parte da resposta à oração de Joseph. Alguma coisa ou alguém em sua vida pareceu ser um fardo, mas depois se tornou um presente?
9. Joseph e Miriam eram almas gêmeas? Joseph e Grace eram almas gêmeas? Qual é a diferença entre um cônjuge e uma alma gêmea?
10. No livro, o que representam os filhos de Joseph? De que modo a atuação dos dois ajuda Joseph a começar a ter uma fé verdadeira?
11. Por que a celebração quase ao final do livro acontece em um banco e não em uma igreja, ou pousada, ou numa loja de generalidades? De que forma a celebração representa a realização do destino para Joseph e para os outros personagens?
12. Um romance pode falar às questões da vida sobre a oração, o destino, a nossa finalidade na terra e a fé? Que outros romances que você leu discutem esses tópicos?

13. *A caixa dos segredos* diz que tudo o que acontece conosco, até as coisas que parecem negativas, pode ser uma ferramenta para ajudar-nos a realizar o nosso destino. Você acredita nisso? Se não, por quê? Caso acredite, de que forma você consegue ver as coisas que parecem negativas em sua vida sob uma luz mais positiva?
14. O fim de *A caixa dos segredos* insinua a existência de um quarto segredo da verdadeira oração. Em sua opinião, qual é esse próximo segredo?

August Gold foi ordenada Pastora Intercrenças em 1989 e é uma das fundadoras do Sacred Center New York, uma das igrejas em mais rápida expansão nos Estados Unidos. Dá palestras em empresas e organizações espirituais e seculares em todo o país, tendo-se destacado no Beliefnet.com e no Hallmark Channel. Vive em Nova York.

Joel Fotinos, um dos vice-presidentes do Penguin Group (EUA), é editor do selo Tarcher e do programa de publicações cristãs Putnam Praise. Foi ordenado Pastor do Pensamento Novo em 2002 e é um dos fundadores do Sacred Center New York. Mora em Nova Jersey.

Este livro foi composto em Minion 10,5/16
e impresso pela RR Donnelley sobre
papel pólen bold 90g para a Ediouro em novembro de 2007.